有山有谷

Hills and Valleys

崔君——著

图书在版编目（CIP）数据

有山有谷 / 崔君著. -- 杭州：浙江文艺出版社，2025. 1. -- ISBN 978-7-5339-7722-1

Ⅰ．I247.7

中国国家版本馆CIP数据核字第2024U51L52号

责任编辑	丁　辉	封面设计	陈威伸
责任校对	陈　玲	营销编辑	詹雯婷
责任印制	吴春娟	数字编辑	姜梦冉　诸婧琦

有山有谷

崔君　著

出版发行	浙江文艺出版社
地　　址	杭州市环城北路177号
邮　　编	310003
电　　话	0571-85176953（总编办） 0571-85152727（市场部）
制　　版	杭州天一图文制作有限公司
印　　刷	杭州富春印务有限公司
开　　本	787毫米×1092毫米　1/32
字　　数	162千字
印　　张	9.75
插　　页	5
版　　次	2025年1月第1版
印　　次	2025年1月第1次印刷
书　　号	ISBN 978-7-5339-7722-1
定　　价	68.00元

版权所有　侵权必究

目 录

海岸　　　　　　　　001
狐狸的手套　　　　　035
有山有谷　　　　　　089
斜坡　　　　　　　　153
草莓时刻　　　　　　207
平流雾　　　　　　　243
椿树上的人　　　　　281

海　岸

我爸出来半年多了,我还没回过一次家。

接了我妈电话,她吞吞吐吐把事情说了,我心里明白,这次算躲不过去了。

请好一周假期,捡了几件衣服匆匆去赶飞机。阴云密布,坐上公交就开始下雪。到家三点多。我爸穿了一件灰色羽绒服,戴着买摩托车配的头盔,正在用废弃的细钢筋焊一个脸盆架。院子里的梧桐赤条条伸展枝干,上面站了一只低眉顺眼的母鸡。可能是我鞋底高的缘故,一眼看过去他小得很。焊条摆在台阶上,满地的工具和绝缘线,焊烟缭绕,火花耀眼。他摘了头盔,还留着劳改犯的发型,眼睛因为近视眯成一条缝,飘飘悠悠向我看过来。我说你这头盔能当防护面罩用吗。他说可以,一举好几得。我迈过切割机,拿过地上的草纸,上面用铅笔潦草地写了几个数字。我问没个草图啥的吗。我爸说,大差不离就行,怎么戴两个口罩,真那么严重了吗?我说现在说不准,防着点好。

伊丽莎白趴在沙发里睡觉,上次回家还是送猫。新房东不准养宠物,问了一圈朋友,无人帮忙,只能搭车给我妈送回来了。我说它叫伊丽莎白,我妈说这名字真难听,一脸煞白,不好养活。我说那叫小白吧,我妈说小白也不好,叫小脸吧。两年过去,它早已忘了我,看我回来,睁了睁眼又冷漠地睡了。

市区新建了机场,我爸连连慨叹交通的便利,他说之前到江北包工程那会儿要坐十几个小时火车,现在三个小时就到了,真是不得了。他弯腰替我拿行李,腰带上方露出一小截红色内裤的边缘,算了一下,才想起来今年是他四十八岁本命年。他像招待客人一样给我倒了杯水,但是烫得没法喝。

我妈情况复杂,人在医院住着。我俩谁都没提我妈那件事,甚至小心翼翼地绕开,当它没发生过一样。这也在情理之中,我们家从来都这样,没人具备沟通能力,何况是这么隐秘又难以启齿的事儿。

我打开水管洗了手,我爸指着屋里说,毛巾在椅背上搭着。屋里火炉马上要灭,旁边木箱中,照例有为了省炭堆在那儿的板栗壳子。我将口罩摘下来，提壶塞进炉里，又劈了几根玉米骨头，还是半天没有一点热乎气儿。透过窗户玻璃，屋顶的烟囱徒劳地冒着牛奶般的烟。一条秋裤五秒钟就冻透了，拉开箱子又找了条加绒的穿上。直到坐进车里，才感觉暖和过来。

车是我爸在亲戚的帮忙联络下花一万块钱买的，三排座儿，我们那里叫面包车。小的叫小面包车，大的叫大面包车。等我了解一番，马上便发觉他被人忽悠了。车破破烂烂，完全不值一万块。名义上是他的车，但十天有九天半被借到亲戚的厂里拉饲料。最让人不解的是，他还属于无证驾驶，只能偷偷在没有交警的小路上开开。

一进院子，我看见那辆车，车身是接近橙黄的颜色，更显臃肿。方向盘没有助力，不能自动回正，扳起来特别费劲。幸运的是，它的空调系统正常，发动没一会儿就管用了，我的指甲由紫变红。有那么一瞬间，我想这几天就睡在破车里得了。

"在大城市是不是压力挺大?"我爸略带关切地问我，我却不领情。

"是，压力挺大，这两年我都变矮了。"他试图跟久不相见的我聊天，可聊不了几句就说不下去，只能另寻他路。

"走，咱们去山上转转。"听说我学了证，我爸搓着手说。

山野间的水泥路上没有雪，发动机嗡嗡地响，我换了三挡，后视镜里，路和树飞快远去。这片地方我仍旧感到熟悉，暑假经常到这里放羊，捡拾紫色石英，在树下睡午觉。奇怪的是，它比记忆里要狭窄得多。车窗外一片苍凉，地连着地，另一座山在遥不可及处。前几天的雪还没化尽，平展展铺在岭上，仿佛一小片白色的湖群。枯草在北风里摇曳，一头小牛在啃噬雪上的麦苗尖儿，车快速开过它。

"停车。"我爸说。

他站在那儿，掏出前几年我丢在家里不用的手机，开始打电话。他告诉那人，你家有一头小牛跑出来了，没拴绳子。那边回说，牛自己知道回去，跑不丢。我爸挂了电话，朝牛扔了几块石头，把它吓到一块空地上去。

"这是故意放出来，吃人家麦苗的。"我爸朝我走过来。

"你怎么知道？"我问他。

"糟践东西。"我爸没说别的，开门坐进了车里。

远处的村庄小得好似一圈柴堆，煤炭燃烧出青云。目光所及的海面涂满铅灰色，鸟群集聚成小点，起起落落。路上碰到熟人，我爸就让我按下喇叭打个招呼。喇叭声大刺耳，仿佛要把车劈开。太阳淡淡的痕迹压在车头，几朵雪花飘落。我们的车像一颗橘子跳动在冬日的山岭。中途，我爸让我坐副驾，他开了一阵儿。除了用方向盘不太会交叉打轮，他开得不错。路上，他停车捡了一些山楂枝和红薯秧，扔到后座，尘土漫到前排，一股甘涩的气息弥漫。

我又继续开。

我没问他在里面有没有受苦。他倒主动说起来，跟别人学了广东话，还说了几句。不仅如此，在几次屈指可数他接起来的视频通话中，他反复用狱友的例子教我做事。我不爱听，反感他带着吹嘘和训诫的口气说起里面的一切，这又不是什么值得骄傲的事儿。天已擦黑，据说我爸就是在眼前这片岭上把那人砍伤，才去蹲了监狱。我也没问他，当时是气疯了吗？砍人怎么能跑到岭上砍？想表演给人看吗？

"你杀气腾腾的。开车不能像个土匪，方向盘别老是打死……"我爸突然警告我，"开得挺好，倒车尤其好，我还害怕你想刹车脚会踩到油门上……后面这些木头，咱们可以炖鸡。"

我爸在我还不记事时，跑到国外打工，直到我上小学才回来。到现在，我对他的好印象就停留在那么几件事情上，每当我感到厌倦，总把那几件事拿出来想想。

那时他刚回来，存了一些钱，我们从烟城搬到了三十公里外的新家。我很快忘却搬家的烦忧，对新世界充满好奇，天天在街道疯跑。有一天早晨，空气清新，风凉凉地吹，我在街上见到一队小孩儿，他们是附近几个小学的学生，排队来隔壁的中心小学，过六一节。每个人手里都举着一面小旗，细细的竹签，上面贴了三角形的彩纸，红的黄的都有。

"我也想要一面那样的旗子。"我跑到我爸跟前。

"可是，咱们没有那样的纸。"当时他正在家门口架葡萄。

等我回家吃午饭，水井盖的干土豆上，有一面绛紫的小旗，被风吹得摇头晃脑。虽是挂面纸做的，但我好高兴。在十几年的反复回忆中，我甚至想象了我爸做的小旗比那些学生的更好看一些，他们的旗子是直角三角形，而我的旗子是等边三角形，比例更舒服。可我心里知道，这是我鲁莽地添加上去的，因为那会儿我根本不可能知道等边三角形和直角三角形的区别。

我爸喜欢把东西拆得乱七八糟，他热爱钻研物件的工作原理，还自学了焊工。我妈不止一次把肉汤倒进还没放内锅的高压锅里。相似的轮廓总会让人产生错觉，让人把准备好的东西往里面倾倒，让人在出神儿的时候，犯下可笑的错误。我爸出一口气，仿佛暗暗开心，就地把锅拆开，清理里面的汤汁。他一边拆一边给我讲解复杂的结构，拆完，一个螺丝一个螺丝地拧回去。在最后一个螺丝拧上之后，他隔两米远，把螺丝刀丢进工具箱，像电视里进球了一样，把手举过头顶拍几下。接着，他把锅盖拿起来准备扣上，我们俩对视了，我的眼睛肯定睁得比鸡蛋都大。因为有一个螺丝悄咪咪地滚在了盖子下面，没有回归到它的岗位。

"去，把螺丝刀给我拿回来。"我爸雄心勃勃，又把盖子揭开。

我妈呢，她一直多愁善感，难得有几次笑容。不仅那时，直到我长大成人的二十多年间，我妈从来不相信擤鼻涕时，鼻涕会从眼睛里冒出来。我和她叠床单，她总是先于我折好下一步，然后对我下命令说，这样！这样！她搬到梦寐以求的新房子，还是喜欢栽种各种东西。阳台花盆里全是菜，茄子、西红柿、香菜都有，她自己搬运土壤，不要别人插手。青椒不知为什么，总也不结一个。

相框里有一张我们的合照，我妈在海边卖铁板鱿鱼，我在帮她收钱。我记得是一个记者拍了这张照片，发在烟城的晚报上，他觉得特别好，还花钱洗印出来寄给我们。我妈年轻时是长头发，松松垮垮绾成一个发髻，包在帽子里，我白白胖胖，戴着玩具墨镜，一边吹泡泡糖一边数钱。烟城那片海滩竹蛏多，我妈经常围着花头巾独自去赶海。周末她会叫我一起。我铲除表层沙土并撒盐，我妈捉它们。

"这些蛏子好傻，不会好好躲着嘛，偏偏伸出头来被人捕了去。"我说。

"它也没办法，盐呛着凭他是谁都受不了。"我妈试图给我解释。

新家住着舒服又温暖，爸妈给我腾出一间单独的小卧室，但也有一些不满足。他们的床宽大柔软，床下是一体的储物柜，而我睡的只是简易的单人小铁床，床板下面空空荡荡，晚上睡觉，总觉着床下会有可怕的东西。于是，我妈把她结婚时的棉被裹在塑料袋子里，再装进大纸箱里，塞在我的床下面。纸箱里除了被子，还有许多杂乱的东西，我小时候的衣服、鞋子、玩具，我妈都留着。大概齐是想再生一个孩子，东西还能用上。美好的愿望后来也没能实现。

我记得靠外的箱子里还有一件蓝色泳衣，我妈带我去市场，我自己挑的。她在浅海里教我学游泳。在学校的手工课上，我做了一个泡沫的黑色鲨鱼背鳍，用两根松紧带穿起来，固定在背上。那个东西让我得意，每当我去海边都要带着它。即使去学校的游泳馆，我也不喜欢用分发的浮力板，我都是穿着我的鲨鱼背鳍。一下到水里，我觉得它便长在了我身上。但我妈不喜欢，她觉得那个玩意儿不吉利。

我们在新家只住了几年，小学还没毕业，又搬回烟城。巧的是，回到烟城的那天海面也是波光粼粼，展现着烟城难得的好天气。我们的老邻居"小灵通"站在路边，迎接我和我妈。几年过去，他也做了爸爸。"小灵通"还跟到我家，帮我们从车上往下卸行李。大家都悄悄围观，当他们没看到我爸，就知道事情肯定是真的了。我妈哭哭啼啼，"小灵通"却不管那些，末了，他和他老婆还从家里一起搬来一棵桂花树，放在我家的前廊上。混着打扫屋子的尘土气味，闻起来特别香。

那阵了我放学路上，总是碰见几个小孩儿。她们坐在废弃的石棉瓦旁，脚浸在清凉的水渠里，反复唱一首拍手歌谣："今天星期一，我去买雨衣，雨衣的价钱是一块一毛——今天星期五,我去买老虎,老虎的价钱是五块五毛五——今天星期八,我去买爸爸,爸爸的价钱是八块八毛八——"

我妈在桂花树旁又开始种菜,破桶、泡沫箱、旧花盆都可以装上土,播撒种子。在西南角的台阶上,也摆放着几个陶盆,那里阳光好,几盆荠菜可以吃了的时候,两个油漆罐里始终没有绿芽冒出来。我妈每天郑重其事往里面浇水。一天我忍不住好奇,将里面的土全部倒出来,发现什么种子的踪迹也没有。两个油漆罐都在土壤中间埋了三粒纽扣。

"我不知道该怎么跟你说,我妈可能疯了,她开始种扣子了。"我跟"小灵通"讲。

"你管好自己的事情就行,脸上别总是这副表情,种子烂了当然找不到,你妈才不会种扣子。""小灵通"说我真滑稽。

我在点炉子时接到了李昆的电话。

他问我是否已经回家,我说是。接着他问我从哪儿回来、是不是武汉的时候我便明白了,电话里不只是我曾经的小学同学和好朋友李昆,也是街道工作人员李昆。我老实回答,是的。接着他简略问了我回家的时间、航班号、住址、身体有无不适等等例行问题。

"微信就是这个手机号,现在需要统计外来人员信息,我给你填个表。"李昆说。

从回来那天,我去喂鸡都戴着口罩。几只老母鸡在我家的小院子里生活多年,给我妈贡献着每天的鸡蛋。我爸用一种黑蘑菇炖那只鸡,红薯秧点火,烧旺了再放山楂枝,整整炖了两个小时。鸡汤油大,但无比鲜美。小脸被一只碎柴末里的土元吸引,在灶头钻来钻去,耳朵蹭黑了。我用湿巾给它清理爪子,晚上搂它睡觉格外暖和。

我爸拿着刀走向那只鸡的时候,我又忍不住想起他砍人的事。新闻上说农民工将拖欠工资的包工头砍伤,这其实有点讹误,我爸才是包工头,他上一层的包工没有给他钱,他把我们没住多久的新房子卖了,还是不够发民工的工资,就把那个包工砍了。

吃完晚饭,我躺在床上睡去。夜晚用它苍凉的斗篷将我覆盖。

有一种声音,反反复复从墙的缝隙里钻出来。一开始我以为是窗台上的东西在发出声响。白天,我细细查看了老房子新修的窗户,横木木条腐坏,现在换成铝合金的推拉窗。它被粉刷了银色的油漆，半土不洋。窗台上则堆晒着黄芩和甘草，在两个茶褐色的罂粟壳子旁边，有一只浅蓝的皂盒。一条丝袜包裹着已经小得不便使用的肥皂头，这样一来，它们紧紧抱在一起，球鼓鼓的，变成一块去污的好肥皂。丝袜两端各打了个小结，远远看去，似一只僵硬的眼睛。外面刮着黑色的风，小城的夜晚是安睡的，如果再下些雪，那便更听不到响动了。我怀疑那声音是被捏成一团的肥皂，在夜晚悄悄分开碎裂。

黄鼬在冬天的屋顶上跑过，饥饿催促它为鸡仔穿梭寒夜。房子太老，或许是老鼠在啃啮花生壳子，或是撕咬什么坚硬的东西，来扩大水泥下的活动场地。

又有一阵儿，我觉得那可能是我爸的呼噜声。

他坐牢，他被囚禁，他出狱，他重获自由。现在，他的老婆就为他的自由和释放付出代价，住在医院里，准备堕胎。他竟然可以睡得这么香甜。爸！你持续有罪！你的女儿在心里这样判决你。外面随时可能下雪。在即将入睡前的善意推论中，声音里似乎带有模糊了边界的渴望和恐惧，仿佛被石头撞击。在梦里，他也许经历了一件好事，却续接了一个噩梦。

我妈之前就流过产，那时我还小，许多事情一知半解。

她没到生二胎的规定年龄怀孕了，只能去流掉。医院离我们家有些远，她又晕车厉害，为了省钱，她坚持当天往返医院。回家时，她从袋子里掏出一个东西，是一只柳黄色的小熊。我妈问你喜欢吗，花了八块钱。我当然喜欢。正是盛夏时节，我和李昆带着那只小熊去海边玩，涨潮时跑得太快了，一不留神掉进水里，被卷走了。我别提有多伤心了。我以为我妈会痛打我一顿，没想到她安慰我说没关系，回头托人再给我买一个回来。

我那会儿害怕搬家转校，我不想离开我的学校和同学。暑假前的鼓号队会演，我打小镲，李昆吹号。鼓号队的衣服是白色的军装，只有少数几件是干净的，剩下那些衣服上，总能找到油点、钢笔水和干鼻涕。放学以后，大家争先恐后跑去挑干净衣服。后来不知从谁开始在衣服隐蔽的地方写名字。有天我去得早，顺手拿起一顶规整的帽子，里面写着李昆。李昆找不到自己的帽子，大喊是谁拿了我的帽子。那时，帽子正戴在我头上。帽子里的字迹和气息让我沉迷。我戴着它，完成了最后的一次会演。

我开始天天向李昆报送体温，真是百感交集的一件事。从没想到还能和李昆再建立联系。朋友圈里，他带着可爱的女儿，在市场的摊位上买热豆浆和熏鲅鱼，认真而又积极地干着自己的工作。

黎明时分,我做了一个梦。大家坐在乱糟糟的小学教室里,桌子和凳子倒下去,所有的书都摊开在地上。李昆成为大家的焦点,他可以随意穿梭于过去的时间,可他不愿意分享方法。大家都在找寻他的诀窍,我发现他的座位上,有一盏独特的蜡烛,火苗影影绰绰,蜡油流淌到地上。看着里面迟疑的光,我突然受到启发,站在蜡油可能流经的方向。没过一会儿,脚触碰到温热,我也成了掌握秘密的人。

手术那天早晨,我用保温桶装上煨热的鸡汤带给我妈。

"你们杀错了啊,"她打开盖子,眉头一皱说,"是另一只鸡,它懒得很,鸡冠比这个大,总不下蛋。这只相当勤快的,我前几天逮住摸它屁股,还有蛋呢。"

"那看来是杀错了,里面真的有蛋,蛋黄已经像枣那么大了。"我回想它们在我爸的手上,黄澄澄的一簇。

我妈小口地喝着鸡汤,鸡汤口味太淡,她还吃了两个芹菜肉的小笼包。吃完早饭,她坐在床头,看着不怎么难过,像往常每一个醒来的早晨一样梳理头发。她那么不爱打扮的人,竟然烫了大波浪,还漂了一层灰茶色。我坐在床边，想说点什么，好让她心里好过些。我夸她头发好看，她把手放在头顶抚弄一番，说好看吗，这几天有点压下去了。我说好看，现在时兴这个烫法，洋气。我妈夸别人好看时都说洋气，我说她洋气她应该会开心。她解释说为了遮住白头发弄的，还在理发店办了一张卡，准备以后去那里染发。

"没想到，你之前说什么来着？"她一边踩垃圾桶下的小踏板，一边问我。

"说什么啊？"

"擤鼻涕啊，"她说，"这次真的从眼睛里出来了，是鼻涕，黏的，你看！"她把擦眼睛的卫生纸给我看。跟我小时候展示给她看一样，甚至有一丝自满的神色。

护士把针管举起来对着太阳，往外推空气。那个动作让我想起我爸，他喜欢把金属的东西放在阳光下把玩。那会儿，他正坐在走廊的排椅上，没玩手机，双手插在灯芯绒外套的衣兜里，像被人抓住了把柄。

我妈躺在床上，侧身向墙。我把出院所有的单据塞进包里，把水杯里重新倒满温水，把棉拖鞋也用塑料袋包好，装进背包里。收拾停当，我轻轻拍了拍她的后背说："妈，咱们走吧。"

她回过头,缓缓坐起来,嘴唇干燥,疲倦压塌了她的眼皮。她用贴着白色胶带的手把头发掖在耳朵后面,开始找什么东西。她先抚过身下的床单,把手伸进枕头下面,又把枕头拿起来、放下,掀起被子。我问妈你找什么,她也不说话,越来越着急。最后,她没来得及把鞋穿上就站在了病房的地板上,艰难地蹲下来查看床底。等她再抬起头来的时候,泪水已经在眼睛里打转。她坐在床上,似乎在仔细回想。

半分钟后,她才说话。

"我真是……连个像样的扎头绳也找不到了……我真是哦……"

"丢就丢了嘛,你用我的。"我将发圈取下来递到我妈手里,她也不接。我轻轻拢住她颤抖的肩膀。我们的头发交织在一起,汇集成两条小河水。

回程我开车载着他们,车里新放了一个鲸鱼摆件。我爸依旧坐在副驾,提前打开了暖风。我系好安全带,拉下手刹,放在二挡,没车也不加速,我寄希望它的平稳行驶不要制造一丝波澜,打破可贵的宁静。

回到家,我爸已把脸盆架焊接完成,刷了银色的油漆,我猜那是刷窗户用剩的。脸盆端端正正地陷落在钢筋圈里,皂盒有了归属，毛巾搭在上面也格外好看，旁边还放了一个暖水瓶。我妈一直想要一个这样的脸盆架，她说过好多次，想从市场买一个，但是太贵了，没舍得花那个钱。她把热水倒进盆里，弯腰站在那里洗完手，手上的水珠在阳光下闪闪发亮。

她把脏水泼掉，涮了涮盆，又倒上热水洗了把脸。两只手按在架子上，左右摇晃了两下说："挺结实的。"

我妈爱吃什么呢，从在车上我就思考这个问题。想了半天，也没有个特别合适的答案。把我妈送到家，我折回去了菜市场。市场非常冷清，修缮一新，月白的瓷砖从门口一直铺到里面，比之前要整洁。外围的铁丝上晒着腊肉和鱼干，旁边店里的小猫几次尝试爬上去偷些腥。为减少接触，我在外面露天的小摊提了一棵白菜和两斤排骨，还花八块钱买了一捆长得很老的豇豆。回家后把豇豆洗净剁碎，热锅烧油，倒进锅里小火多炒了一会儿，直至变成褐色。出锅淋些蒜汁和生抽，就是我妈爱吃的豇豆碎了。小时候我喜欢挑里面的豆子吃，绵密柔软，离家以后再也没吃过了。

送我妈进手术室时，手机响了好几遍没来得及接。看了一眼，有李昆四个电话。我推门出去，靠医院的窗子站着，正准备给他打回去，手机又振起来。

"哪儿呢？为什么不接电话？"窗台上有一截爱喜正冒着迷离的烟。每个人都戴上了口罩，行色匆匆走过楼道。

"忙着呢。"我说。

"你体温多少？发烧？"他急切地问我。

"不是报给你了吗？"我感到烦躁不安，说实话，报了多少那会儿我已经忘了。

"三十八度六，你这高烧啊！我刚看见，你在哪儿啊？干吗呢？现在感觉怎么样？要是发烧我们需要……"

"报错了。"我打断他。电话那边突然没声了，像一截炮仗刚刚点完。

"报错了!?"他肯定伸长了脖子一脸错愕，以前他就喜欢用伸脖子表现惊讶。

"对，按错了，三十六度八，没发烧，我好着呢，防护也到位，不会给你添麻烦。"

"这个事情相当严肃，你能不能别开玩笑。到底多少度，赶紧再量一次。身体要有状况，我帮你及时联系医院。"

"我就在人民医院！有症状我马上躺这儿行不行！按错按错了嘛！你还有事儿没，没事儿我挂了。"我盯着手术室紧闭的门,将一天全部的遭遇悉数安放到他头上。

"在医院干吗?"

"这不归你管吧。"我有些乱了方寸,不想让他知道我在哪儿,在干什么,不想将我们的麻烦事袒露给他看,供他质询、评判或者同情。

"你说话能不能别那么冲啊,我这是了解情况。怎么都那么冲呢,跟谁学的呀?"

"还能跟谁学,跟我爸呗,"我假装平静地说道,"不过话说回来,我爸还是太面,要是真够冲,多砍半厘米,你舅也活不到现在呀。"

李昆叹了一口气,许久没说话。那边传来开门的声音,接着,风呼呼的。窗外的梧桐树也在我眼前晃动几下,仿佛听筒里的风吹过来了。四处荒野,海边的松林睡去一般沉静,没有一只鸟。

我的阴阳怪气把自己也吓了一跳。李昆和我从来没有说起过这件事,它永续、低沉地横亘在我们中间。从我爸放弃除夕夜去睡债主客厅、给他家泼油漆,转而为钱东拼西凑,着手联系我们新房子的买家,我就开始断定他们一家人道德低劣,都是高明的骗子。毕业照上,原本腼腆真诚的李昆,看上去虚伪刻薄、诡计多端了,我在心里与他划清界限。伴随争吵的单调昼夜里,我都必须保持与他和解的警惕。山就在那里。

我爸出事以后,偏见被全部还了回来。大家说我是罪犯的女儿,心狠手辣。劈头盖脸的羞辱和蔑视,我尝尽了它们苦涩的滋味。

他的舅舅让我们遭受可怕的窘迫,他糟蹋了本该属于我们的钱。他拿了我们的钱。厌恶和鄙夷与日俱增,膨胀的情绪将我家抛入持久的气愤与诅咒中。我甚至怀疑,是我们家人对此事的坚定敌意和仇恨,让我爸的尊严失去最后的支撑。他曾赚钱带我们过上好生活,随后的日子里,我们一直用那个标准要求他来着。

"他已经死了。腊八那天心梗,儿子在国外,一时回不来。"李昆说,"人在你脚下负一层冻着。"他顿了顿又补充道。

我低头,看了一眼厚实的白色地板,挪了挪脚,仿佛踩到了什么东西。

"刚才,我没那意思。"李昆试着解释了一句。接着,电话里什么声音都没有了,他用打火机点了一支烟。"'封城'了刚刚,你看见没?"他问我。

那是一只猪，被关在隔壁的猪圈里。这几年，"小灵通"家常年在城里卖水，在鸡栏里养了一些土鸡，逢年过节回家的时候杀着吃。他把钥匙留给我妈，让我妈帮他喂鸡。还空一个猪圈，征得同意后，我爸把里面的蒿草去除，抹了水泥，焊了铁门，养了一只猪。母猪。

元宵节我和我妈去喂猪，"小灵通"的老婆从房顶上看见我，一边翻晒南瓜子，一边问我：

"不认得你了，你在哪里发财？"

"婶子富贵了，哪里还认得我？"我忙说。

"当上丈母娘没？"她笑吟吟地指着我妈问。

"哪有你那么好命哦。"我妈讪笑了几声说。

我站在门口观察那只猪。它不算大，但是结实，背上是粗糙的粉色，两只耳朵盖在眼上，听见声音，要抬起头来才能把碍事的耳朵甩在后面。它的耳朵上有一条红色的伤痕，修长笔直地连到鼻子上。裂开的伤口中，新鲜的血液不断流出来，滴到水泥地上。猪栏里有一块砖头，它抵着砖头，刮蹭水泥地板，小心翼翼地将鼻子放进钢筋格子里，上下晃动铁门。我猛然醒悟，这就是暗夜里我听到的声音了。

猪的伤口当然是拜我爸所赐。午饭时，猪持续地弄出声响，我爸扔下吃了一半的油条，爬上平房，迈过悬空的廊道，从阶梯上抄起一把铁锨朝猪砸去。可猪一点也不明白这场暴力的目的，在恐惧与痛楚中回缓精神，依旧通过固执的动作制造出循环往复的噪声，传达它的身体信号。

"这也看运气，"我妈说，"有的猪配一次就怀孕，这只猪配了三次还是不行。"

"这样打它也没用，何苦来？"我忍不住对我爸说。

我问他们是否要给它再次配种。

"卖了吧。"我爸说。

那几天大雪下下来，我爸企图在茫茫雪野里夹几只为吃食奔波的野兔。总共带了三只夹子，一只下在金银花丛里，一只下在板栗树下，一只下在了两个山岭间的一条荒草沟间，我在那儿拉野屎捡到过一窝斑鸠蛋。我爸和"小灵通"下棋时说起这个事儿，"小灵通"认为我们选错了地方。我爸不以为然，他认为一定会有所收获。雪后三天，我和我爸去检查夹子。提着空空荡荡的兔夹子时，我妈打来电话，说猪跑了。铁门被它有力的鼻子拱开了，大门没关，它堂而皇之从大门跑了。

我爬过山，天边的紫霞已经晕开，我爸在沿着海岸线找猪。海面上刮起美丽的风，吹过来海带的香气，层层的海浪折叠起一个中年男人曾翻滚过的波澜。那个身影不断地搜寻，蹲下来查看海滩的痕迹，原地站着四望。更远处，连绵不断的海岸一直延伸到海天茫茫的地方。

我爸远远看见了我们家的车，他不紧不慢地朝我走过来，坐进后座。

"它会跑到哪儿去呢？"我爸像是在自言自语，又像是在问我。他满脸的愁容。不知道能不能找到那只猪，要是找不到的话，我们家又要损失几千块。车开过一片苇丛，萧飒里好像藏了一百只猪。正准备去苇丛看看时，突然瞥见远处的绿化带中，有一个东西在动，特像一只猪耳朵。停车跑过去，发现只是一个鼓满海风的塑料袋子。我妈打电话给我，先问我冷不冷，再问猪找没找到。我疲惫不堪，感觉又饿又渺茫。

没过多久，我爸接了一个电话，是养牛的那人打的，他告诉我爸，我家丢了的猪应该在老码头那边。我爸欣喜地问他是否看到我们家的猪。那人说没看到猪，有脚印。说完，还给我爸发了定位。我爸感叹智能手机的厉害。生活跑得比兔子还快，他半年了都没习惯。

"这下是脸盆里捉鱼了。"我爸挂断电话得意地说。

我载着我爸开到老码头，几艘生锈的船只杵在滩上，老远就能看到海洋馆的抹香鲸雕塑。一群灰鸽站在它宽厚的背上，留下稀稀拉拉的粪便。景区临近关门，也没有游客往外出，我觉得猪不可能到这儿。果不其然，所谓的猪脚印不过是被潮水浸湿塌陷的高跟鞋印。为了让我爸信服，我还现场踩了一串让他看。

"果真不能太信他，他只不过想跟我套近乎，多打听点里面的事儿。"我爸有点失望，"他想知道在里面怎么买卫生纸。"

再往前开，就到城区了，我爸下车在小摊儿上挑了一捆水芹菜，转过头来跟我说，回吧。

"看见没？"车上我问我爸。

"看见什么？猪吗？"我爸朝前面张望，又狐疑地看看我。

"新闻，"我说，"那儿爆发了，二百多人感染，司机带进去的。"

我爸重新靠向椅背，将自己全部交给车座里的海绵。

"我常跟你说的那个人，你记得吧。他叮嘱我出监那天千万不要回头看，回头了不知道什么时候，可能还会再进去。"他看着路边的广告牌，嗤笑一声，"不知道他怎么样了。"

一架飞机倾斜着上升，出租车已经亮起顶灯。

"那你回头看了吗？"

"我往外走，正想着这事儿，突然有人喊我，'哎，你，等等。'像这样叫我。我不得不回头。是一个老太太，我和老头儿一天出来，她和你妈送的衣物弄混了。她来要我的棉帽，怕老伴儿年纪大了，路上冻着头。"我爸说，"别的没换……摘了帽子，头顶一阵凉。打那儿我就知道，不会了，不会再回去。"

街上行人不多，风卷起一簇簇细沙落在马路边。防护铁链的冰凌如牙齿一样咬住海岸。

从医院回来的第二天，李昆送来一个小包，里面是一瓶酒精、十个口罩，还有一支体温计。他说政策变了，叮嘱我现在需要居家隔离。我说好的，没问题。他要走，我问还要报体温吗每天。他说报。

其间，我接到房东的短信，问我好不好，是否有偷偷养猫，他可以帮我喂。过了隔离期，我白天给我妈做好饭便出去溜达。接连传来不好的消息。寸步难行。我靠不断的行走来消化情绪。漫无目的地站在街上，时不时看看树林里是否有猪。

天地之大，哪里还容不下一头猪。我有些希望那只猪再也别被找到了。快跑啊,你这只猪。跑得远远的,留下孔武有力的蹄印,在山林和树丛中出没,随便吃点什么东西,找个避风的洞穴或者草垛,变成一只快乐的野猪。

回程遥遥无期。

每天躺在老木床上醒来,阳光从玻璃里散进屋子,小脸从窗台上走过去,帘子上的仙鹤和松柏影影绰绰,云彩要飘出雾气来。我将枕巾蒙在头上,看着外面发亮的光。相似的感觉,我记起小时候树下的午睡。

那时我七岁,终于重新见到我爸。

清香的荷叶盖在脸上,阻断了夏日黄昏飘散的光。叶柄连缀的细丝飘在脖子里,以至于不知道时间变快还是变慢了。我躺在栗树下的草坪上,身下铺着那块小毛毯。大头蚁爬过丛林般的头发,又爬上胳膊,草叶被风吹得簌簌有声。起初,布谷鸟在湖的方向鸣叫,没过多久,它飞到苹果园去了。我应该是睡着了一会儿,腿和脚已经不在树荫下。可我迟迟不想起来。

这些场景多次出现,好像曾经发生过一样,反复回来找我。

皮鞋踏石子的声音越来越近,有个人揭开我脸上的荷

叶问道:

"你这样睡觉,蚂蚁不会爬到耳朵里吗?"

我仿佛第一次见到那个人。但我清楚地知道,不是第一次。

细碎的阴影落在他头发里,红扑扑的脸被胡子包住,不容易辨认。我没有说话,可知道他是谁。他就是我妈那几天连续打包时不断通电话的人。那人用藤条抽打脚下的草,说这里要是有个吊床会很不错。我又看了他一眼,确信对他一点印象都没有。

羊早熟知了回家的路,绳子从它们的脖子上耷拉下来,在地上拖行,雨后水流流淌堆积的细沙和淡黄的小石子路上,被划开细细的一条纹路,如有蚯蚓爬过。我妈马上会把那些羊也给卖掉。这是你们最后一顿晚餐了,说不定明天就给你们宰了。我在心里对羊们说。它们的肚子已经像小丘一般鼓胀。

我故意加快脚步,落下他很远。等我用余光瞟一眼时,那个男人在湖边停下了,他脱了鞋,站在浅水的淤泥里,用薄石片打水漂。

我碰见了"小灵通",他瞪着好奇的眼睛,追着我和我的羊。

"你们什么时候搬走?"他问我。我没有理他。他扭动的眉毛好似两条不合时宜的小蛇,无论你说出什么,都不会满足他的胃口。

他就是这样一个人,不光爱打听,记忆力也超好,显要职称、汽车品牌、邻居们的亲戚关系,他从来不会记错。我妈说,"小灵通"要是走正道儿,准能干大事。走到主路时,他还在我后面。

"怎么,听说你爸买了新房子,是不是真的?"

"不关你的事。"我想着无论走不走,都不想再跟"小灵通"这样的人有礼貌了。他对我也从来都是调笑,他曾经不止一次嘲弄我的地包天下巴。

"说实在的,你应该替我钻钻这面墙。"那时,他正在给他们家的厨房贴瓷砖。

"钻哪儿,钻哪儿?"我故意伸着突出的尖下巴,准备为他"工作"。他将信将疑地笑着,指着刚打进墙里的膨胀钉,我瞅准了地方,往上吐了一口唾沫。

一切都还在原点。

我坐在车里的那天,天气出奇地好。在离开烟城的最后一刻,还是没有感到兴奋。我还惦记我那块毛毯来着。我们从烟城搬到新家的晚上,繁星满天,天气预报说,烟城下雨了。我还记得我妈站在旁边说，十里不同天。我站在电视机前面，想我那块旧毛毯。我把它塞进栗树一个向下的树洞里，不知道中雨会不会把它淋湿。希望有个好运气的人能看见那个树洞的与众不同，试着去掏掏是不是有什么东西，这样他就会发现那块毛毯。虽然它已破旧，有一面起了球，可它还是一块好毛毯，可以铺在地上午睡。我最舍不得的，其实是我制造的秘密。地板下面的小铁盒，里面装着一块彩玻璃，五块红砖磨的石子，还有一截从军帽里剪下来写名字的布条。谁又会在意那些呢？要是谁捡到，还以为是一堆垃圾。我没有带走它们。秘密的命运本应是长眠地下。

中午太阳炽烈，大部分人都在家里吹风扇睡午觉。路上没有人，只有阿猫阿狗沿着街道的凉荫行走。在街道的尽头，"小灵通"蹲在石阶上，擎着手里蔫掉的梧桐叶。他肯定为蹲到大新闻而高兴。他甚至有几分忧伤，学城里人的样子挥手，大眼睛紧紧追着车，仿佛我们永远不会再回来。

搬家的卡车拐上滨海路，我妈因为司机的一句玩笑话生气了。那个人，也就是我爸，他继续跟司机谈他在装修工程上怎么赚钱，怎么带领民工把墨水灌进暖气管道，好防止家庭主妇为省水费，从里面放热水洗衣服。他一只手给司机递了烟，另一只手越过我的头顶，拍了拍我妈的肩膀。针叶林一闪而过的空隙里，海面金灿灿的。走了很久还是一样的景色，不过沙滩变小了，经过一个渔人码头，海水微微发灰，浅滩里有许多黑亮的礁石。那一刻，我又想起"小灵通"，忽觉他可爱，竟有些舍不得，之前那样对他说话真是不应该啊。

猪跑没多久，我家已经适应了没有猪的寂静。

有一天晚上，猪竟然回来了。

起先，我听见了熟悉的声响，仔细辨认后，隐隐觉得是个好兆头。莫名的欣喜和紧张，匆忙间穿上衣服，悄声打开屋门，蹑手蹑脚的，生怕把声音吓跑了。我在摸索中寻找院门的钥匙，围着桌子找了一圈，没有找到。情急之下我顺着阶梯爬上房顶。在邻居大门旁边，那只猪逡巡在月色里，贪婪地拱一块石头玩，像在等着谁。猪身上晶晶亮，仿佛有水，仿佛伤口全部愈合。我猜想，它是不是去海里游了一番。那晚没有一丝风，是回家后最暖和的一个冬夜。我刚站定没多久，它就甩开大耳朵，抬起头直视着我。

我叫醒了我爸我妈。钥匙挂在脸盆架上,打开大门,庄重地把它迎进院子里。我爸拿了几棵白菜奖赏它,它立刻忘记了石头,掉转屁股,旁若无人地啃起白菜,显得我们倒像客人般局促。我爸前前后后地打量,呼吸的热气在头顶浮散。近看才知,猪身上果真有水。我妈怕它着凉发烧,从封住的火炉里端出一堆炭火,用一个废弃的内锅盛着,放在猪身边,又在上面搭了几根干木头。一堆篝火燃起来,四处暖烘烘的。火光跳跃,猪被照亮了,也像一只圆滚滚的橘子。

看着那堆火,我又想起命途多舛的高压锅。最后,那只锅用了六七年才彻底坏掉,我爸也修不好它。修不好就无能为力了,能怎么办呢。我爸将杂物一件一件扔进垃圾桶,在大塑料袋的最底端找到了它。他把锅放在地上,先拧开盖子,查看一遍,拿出内锅。那个轮廓裸露在光天化日下,菜汤和干酱油混在锈迹中,斑驳难堪。我终于明白,我家那些模糊的、难以言传的伤口就长这样子。我爸让我把内锅拿出来,不知什么时候能派上用场,剩下的只能卖废铁了。

又到了我妈种菜的时候。我帮她装土,她来栽种和浇水。干完这些,我们准备午饭。吃过后,我找了一个电影,和我妈歪在床上看,电影讲了一个有关爱情的烂俗故事。

"妈你有没有种过扣子?"

"你是说把扣子放土里?"

"对。"

"那时候,听人说好扣子被划了印儿,放土里养养就能好。我还真信了,根本就没有用。"

我和我妈拿了两个苹果,慢慢悠悠地吃完。但我被故事吸引,两个指头间捏着果核,电影快结束才扔掉。指腹上被苹果把儿硌出了深深的窝,吃晚饭时还没消失。

经历一番野游,猪顺利怀孕,我走的时候,它趴在麦秸上睡觉,能看出小猪满肚子跑。

飞机起飞,远处的海面平静无痕,像从没掀起过大风大浪。在遥遥的水天相接处,只有一个狭长的小岛,似一枚孤独的橄榄。

猪回来的那天晚上,我被欢喜冲昏了头脑,趿着拖鞋冲进了爸妈的卧室。推开门的一瞬间,月亮的清辉丝丝缕缕,倾泻而下,房间仿佛长满温柔的荒草。从棉被的轮廓里,我看见他们相互贴着熟睡,头紧紧挨在一起……

狐狸的手套

"你说，里面会有蛇吗？"蛇头洗了洗脸，盯着河边的水坝问我。

我们沿着林荫道走了半小时还没到地铁站。路两边的老杨树无人修剪，从根部生出许多枝条，细碎的阳光经过缝隙铺洒在地面。它们正处在一年中叶子最繁盛的时候。

"有啊，当然有，这种地方肯定有蛇。"我回答他，"不光有蛇，青蛙、刺猬、螃蟹、水蛭……都有的。"

河滩长满墨绿的薄荷，密密匝匝，蝴蝶贴着地面飞行，白色的居多。蛇头停止感叹真是个美好的傍晚，我看得出他已经有点厌烦。树干上茶褐色的蜥蜴保持在上爬的姿势，风把蝉声吹得到处都是。我采了一些薄荷，准备晚上做果汁装饰，或者栽进盆里养起来。野薄荷繁殖能力强大，新长出的嫩叶可以炸来吃，酥脆清香。

路上没有别人，我们只碰到一个果农，问他附近是否有便利店可以买水。他从树上摘了几个桃子,又在井里汲了半桶冰凉的水清洗它们,最后只收了我们五块钱。一眼望去,云彩飘得飞快,山楂树林从远处的土坡下一直延伸到我们站立的小河边。河里青苔浓密,水流清凉,一群小鱼舒展地浮游在水中的树荫里。

蛇头让我帮他看人,他要去林子里小便。

我问他是不是后悔走这条小路了。

"我不会承认的。"他看着我笑了笑,并将尿液冲在草叶间一只七星瓢虫上。"就是太困了,特别想睡觉。"蛇头说。

从别墅出来的时候,蛇头不愿意打车,而是执意要走地图上标示的一条直线小路,观赏乡间风光,顺带消化胃里过多的食物。一开始他兴致勃勃地用一根芦苇抽打路边的狗尾草,里面的蚂蚱和别的小飞虫四散逃脱,这让他看上去分外开心。水泥没有覆盖的地方,野麦子开始长穗儿了。穿过一片芋头的阔叶,我们还看见两个荷塘。一路上蛇头不断问我问题,大都是有关植物分辨的。他对淡紫色的毛地黄很感兴趣,凑上去闻了闻,还拿出手机给它拍了一张照片。

一切正常。风轻云淡。好像什么都没发生。

老板虽然有钱，但还没到能买市区别墅那么有钱。世纪初他买下这套房子时，还算便宜。从这里开车到诊所大约需要一个小时。

"说实在的……"老板在案板上撒了一些面粉，将面团用刀分成六份，拿出其中一份，其余放进盆里，用浸湿的屉布盖上。他把面团揉了几下，切成小剂子。"真是不太愿意相信，你就要结婚了，我觉得你才刚来我这儿一样。女孩儿一旦结了婚……"他咬住一颗别人递过去的葡萄，不再往下说。转身取过擀面杖，双手完美配合，擀出的饺子皮中间凹陷，边缘向中心卷起，像一枚灯盏。

"他们是最好的证明了。"我等了一会儿，指着阳台上两个翻滚的男孩儿说，"我入职的时候他们还在欣姐的肚子里。"我本来是想提醒他记起一些事情，但他的表情证明那并没有奏效。老板向我指的两顶白色帐篷看过去，仿佛端详两颗刚做好的完美牙齿。

站在帐篷之间，能看见远处绿波浮动的玉米地，电线相交而后平行。田野里斑斑点点的白色小花和茂盛的树丛飒飒有声，夏季温凉的风把人吹得分外宽容。房子的客厅很大，摆着橄榄绿的皮沙发和木纹条桌，桌上搭着一条细长的云南印花桌布，生长茂盛的蕨类植物压在上面。厨房在客厅的一角，橱柜和墙纸颜色搭配正合适。别墅分两层，二楼是卧室和这个露天阳台。家庭影院在地下，墙上用黑胶唱片装饰，走进去是一股清新的玫瑰香薰味道。这么看起来，他们的日子有滋有味。

欣姐一手扶着月白的瓷盆沿儿，一手搅拌加了啤酒的鲅鱼肉馅。我接过她的搅拌工作。她又去冰箱取了东西，往比萨上撒厚实的马苏里拉芝士。

我把饺子皮捏起来对着亮的地方观察。

"你在看什么？"欣姐问我。

"按照我妈的标准，你老公这个皮擀得薄厚均匀，相当有水平。"我说。

"那你包好看点，别辜负它。"欣姐说。她总在甜美地微笑着，毫不掩饰作为女主人的热情。客人找不到任何东西都可以问她，她会耐心精确地告诉他们，需要的物品放在哪里。

刚下过一场雨，整个房子弥漫在河水的喧腾中，篱笆上绕满荦草，附近农民家的绵羊光临了好几次。花园浇水器里漫开的水流到篱笆外面，那里的青草及时得到水的滋润，长势很好，毛毯般柔软，是它们吸引了那几只胖乎乎的绵羊。爬山虎顺着篱笆爬满整个侧墙，有几根垂在门廊里，随着轻微的风像珠帘一样来回摆动。院子里还有几棵水杉树，它们洒下大片的凉荫，树下是<u>一丛丛</u>繁茂的芍药。茶绿色的月季花开得正好，球果和黄叶被修剪后，掉在花池里枯萎了。蛇头和我的同事们围在那里看羊，讨论那种羊一个月大概能长几公斤，他们对厨房敬而远之。

双胞胎吵吵嚷嚷叫爸爸帮助他们。老板把电子琴通上电，插线上留下了几个白色的面粉指印。孩子们像模像样地站在琴旁边，要给陌生的成年人展示表演，但像所有的小孩儿一样，他们只是想给别人看看他们的新玩具，还远远说不上演奏。

十二点一刻，人都到齐了。除了同事，还有几张陌生的面孔。老板给我们展示每个房间，设计理念、家具搭配、颜色偏好。连卧室都带我们看了。地毯和窗帘里涌出一股私密的气味，避孕物品和孩子们的玩具被散在窗边的帆布筐里。墙上还挂着一幅打印装裱的B超照片，那是这个家的第三个孩子。"是个女儿。"欣姐确切地告诉大家。双胞胎跟着客人，每到一个房间，两条狗都会率先把门拱开，站在那里等待小主人去摸它们的头。蛇头兴致勃勃地观赏精心布置的装饰，他问我最喜欢哪个房间，我说我最喜欢那两只拉布拉多。

在前廊的长条桌上,我们清光了七盘水饺,还有鸡翅、薯条、比萨,胡吃海塞一通。欣姐甚至为几位女士准备了防晒霜,两瓶小小的,和几贴邦迪、驱蚊花露水一起放在竹编的小篮子里。笼子里的三只孔雀也被放出来。跟之前在动物园里看到的不同,它们一点也不怕人,穿过男男女女的腿来回踱步,捡拾客人投喂的面包渣,瞅准机会还要啄一口客人手里的吃食。

"它们在这里跟鸡没什么两样了。"蛇头对我说。

筋纹玻璃杯被冰过的酸梅汤弄得不那么透明了,有人因为老板的手机壳图案开始讨论日式审美。"要是能把这个房子重装一遍,我肯定会选择这个调调。首先要换的就是这两扇门,移门肯定会让这里有更大的空间。整洁、秩序,这就是我想要的。"老板说。

大部分人都觉得不错,只有一位女士觉得满眼的日式风格会让她有点受不了。

"你需要的不是移门和榻榻米,你只需要去MUJI买双拖鞋就行了。真的。"

她是欣姐大学时的室友,说话语气是不屑的,有点熟人之间的故意嘲弄,甚至让人怀疑她对由此而来的关注倍感欣慰。但随后她便暴露了她们之间的熟识程度，五年前她找老板拔过智齿，然后一起吃过一次烤鸭，之后便没再相见了。欣姐叫那位女士娜娜。她是个美人儿，身材匀称，穿了一件雾蓝的包臀短裙，针织的一字领上衣拉长了她高傲的锁骨。当欣姐抱歉地说她家里没有卫生棉条，而是给她一片卫生巾救急时，她无可奈何地说"好吧亲爱的，没关系，那我克服一下"。其实，她本可以说声谢谢的，那片卫生巾应该也是绵柔舒适的。

娜娜喜欢说"为什么"，本来该有答案的事物被她这么一问，也变得突兀起来。"你们家怎么会买这玩意儿？为什么？"她惊讶于老板家里竟然会买冰激凌机。奶油旋出各种花纹的时候她捂住了自己鲜红的嘴巴。欣姐给了她一条围裙，以免她为大家制作冰激凌的时候弄脏衣服。由于蛋筒都被双胞胎当成饼干吃了，橱柜里那些宽沿儿高脚杯派上了用场。娜娜喃喃自语地赞赏着那些玻璃杯，她从柜子里拿出它们时，显得过分夸张小心，像在对待一群纯洁的兔子。随后，她坐在小方凳上为大家提供冰激凌服务。

欣姐要了一杯草莓口味的，用金色的小勺子送进嘴里。

我总是情不自禁地观察欣姐。她穿了一件绣枫叶的吊带长裙，酒窝把她的苹果脸点缀得温柔可人。她头发光滑有晕，肚子隆起，扶着腰小心翼翼在家里走动，双脚灵活地腾挪。轻盈、优雅、游刃有余，好像在享受怀孕带来的变化和麻烦，暖洋洋的笑容仿佛让她变成一只多毛动物。

"我想用那个靠垫，你能帮我一下吗？今早在后院晒着，大家来之前把它收到前院了，在核桃树那里。"她指着孔雀的笼子说，"我迈上去有些困难了，你能帮我拿过来吗？"我说可以，当然可以。

到达地铁站对过的路口时，蛇头问我发什么呆。我看着车道里疾速行驶的车辆，前面是车，后面也是车，等灯换了，只能往前，没有回头路可走。我在想没有回头路可走这件事。要是我驾驶一辆车，突然不想往前走，不是到路口才想，而是就在车道里。那么只能打转向，冲破路缘石、路灯和护栏，棱角分明的小叶女贞丛。要真那么干，会面临诸多麻烦事，最要命的是，会有人怀疑这次行为的动机，以此判定这个人是不是正常。我回答他我在数一次绿灯能过多少辆车。其实我根本没在计数，鬼知道我在干吗。

我和蛇头是在公园放风筝的时候认识的。那天是周末，难得蓝天白云。两只风筝挂到一棵白皮松上，线缠在一起，死活解不开。他穿了一件肥大的墨绿T恤衫，牛仔裤开线的地方露出膝盖。树荫移动很快，他急于想把那些鸡肠子般的风筝线理出一个头绪，脖颈和胳膊的肌肉随着动作而紧绷扭动，皮肤年轻滑润。汗水从他的脸颊边缘滴落下来，在灰色的板砖上形成短暂的湖。那时我一直在旁边维持秩序，几个小孩儿拿着风筝在周边跑来跑去，我怕他们踩到地上的线绊倒，便打发他们到小广场的另一边去玩。不要靠近。我对他们说。当然，保护是一个正当的借口，但并不是我本意，我不想别人过来打扰。

总站着显得有点多余。我对蛇头说，你把我的线弄断吧。他看了我一眼说，你真这么想？他的"骷髅"足有两米多长，尾巴匍匐在半空里，一嘴狰狞的牙齿盯着我俩，派不上用场。我说你这个一看就挺高级，我的"金鱼"就是网上随便买的，便宜得很，弄吧。他停了几秒，从裤袋里拿出打火机，开始烧那根浅色的线。我赔给你一个，他没有回头对我说，我看你好半天才放起来，这阵子没风了。我说之前没放过，好奇，不用赔，我以后可能不会放了，没我想的那么好玩。

他加了我的微信，说要给我网购一个一模一样的风筝，并跟我要地址。我想把地址毫无保留地告诉他，好让他觉得我对他是充分信任的。更长远一点,他以后经过我家附近,有空闲时间或者突发兴致也许我们还能再见面。但我是个多疑的人,我对陌生人保持的警惕让我做了一个更直接更大胆的决定。我说风筝我不要了,你有空请我吃饭吧。

他没说行也没说不行,转而问我,你那句话是什么意思?我说什么话。他给我截了屏,说,你的签名啊,船在海上,马在山中。跟一个人解释这个有点不对劲,我说是一句诗,一个西班牙人写的,觉得有意思,就放那儿了。我反问他,你觉得呢?你觉得是什么意思?屏幕上对方正在输入了半分钟才发来四个字,他给我逗乐了,我回他就是你这个意思,"各就各位"的意思。

一来二去,我发现他是个可以聊天的人。后来我们每天都聊几句。我回家那阵子情绪总提不起来。连续几天的消息我没回复,他也知趣地不再找我。处理好母亲的一切事情后,我在回京的高铁上看到了他的朋友圈。他穿着灰色短裤坐在波斯纹地毯上录一个开箱视频,一条条胶带在他的美工刀下像鱼腹一样被划开。几个黄色的小盒子仿佛一群小鸡似的围绕在他腿边。视频中,他向大家郑重提示,刀具危险,使用时不可一下旋出过长的刀身,刀尖用钝可顺片身的虚线折断,使用新的刀锋。

当他起身时，我看到他的脚踝，那块骨头明显的裸露突起像齿轮一样，隐秘、微妙地与我啮合。他的身体散发的活力和生命力让我着迷。我又不自觉地想起广场上的蛇头，他湿漉漉的头发，深陷在眼窝里的忧郁眼睛，裤脚上沾染的青草汁水，黑色的鞋带。我身体的一部分仿佛受伤，因为萍水相逢、不能像情侣一样与他亲近而隐隐作痛。

我对他身后的空间细致地观察起来，那里有一排书架，书的名字看不清楚，身边的沙发上放着遥控器和一袋拆开的甜橙味奥利奥饼干，角落里能看见搭在椅子上的一角深灰色毯子，可能是浴巾，也可能就是一条普通的空调毯。他的T恤胸前颜色开始逐渐变深，他又开始流汗。一股阴郁和兴奋莫名其妙地将我笼罩。

晚上，蛇头发消息问周末要不要去他家打游戏。我故意迟了十几分钟回他说，你都这么邀请其他女孩的吗？他说没有，难得胆大一回。他又发来一条，看到你的评论，想了一下午才给你发，别拒绝。蛇头新买了游戏机，我问都有什么游戏。他说买了很多，你想玩什么，我给你买。我问他有没有超级马里奥，他说有，起步自带三个加速蘑菇，是风驰电掣的马里奥。

从别墅回来的晚上，蛇头趴在床上玩一个寻宝游戏，我坐在他腿上看劳伦斯一篇名为《你触摸了我》的小说，书脊正好陷在他的两瓣屁股之间。

当我们谈到各自的理想职业时，蛇头说要是他能做一个游戏测评师，那他晚上做梦都会笑醒。现在，他在一家儿童英语培训机构做程序员，经常半夜才下班，排队拼车回家。工作之余迷恋打游戏，会往里面花钱那种。周末他经常和我哥一起上阵，我哥打得又屃又菜。他比蛇头小两岁，称呼蛇头也叫哥。

他们有一点相像，做事情都兴冲冲的。哥哥读初中时迅速长高，衬衫领子一天就脏了，每天的精力直到睡觉时还用不完。有一阵儿，他对武侠小说入了迷，牛仔阔腿裤让他随时都飘鼓鼓的。通过不断练习，他不需要助跑，十秒就可以徒手爬上我们的房顶。不过，在一次号称是刷新纪录的挑战中，哥哥在众人面前踩裂了水泥，从半空掉下来摔断了腿。整个夏天他都躺在凉席上，理直气壮地指使我去给他倒水、买雪糕、驱赶蚊帐里的蚊子、找指甲剪，他有咬手指甲的坏毛病。如果你不小心碰到了他的腿，哪怕只是轻轻触到石膏，他都会像公鸡一样大叫。

早上起床哥哥就在石膏上画正字，计算他受伤的天数。

母亲端来粥和鸡蛋,他吃完后看小说,看累了,便吩咐我把游戏碟塞到影碟机里,并把手柄递给他。中午他要睡一大觉,醒来就削木头。他从厨房里捡了一根直挺挺的杨木枝条,用一把尖利的小刀开始削。苍蝇在削掉的新鲜树皮上飞来飞去。我问他你想削成个什么东西。他说他要做一把兵器,电视剧中侠客手里那样的。

"危险!请勿靠近!"他那样郑重其事地警告我。他不喜欢别人围观。

他虚张声势地画了图纸,上面乱七八糟,标着几个简单的数值,估计也只有他自己看得懂,或者他也根本没想好。

如今,听他哥哥地叫蛇头,我有股复仇般的虚荣与快乐。

其实,到底要不要去老板家吃饭,我和蛇头进行了一番论证。我明确地说我不想坐地铁跑那么远,有一百种过周末的方式会比这个更有趣。蛇头不同意,他认为在同事们积极响应的情况下,缺席不太合适。所以,我从没有表露过想辞职的念头,我知道蛇头会想方设法"开导"我放弃这个打算。他口才好,能从辩论和说服别人的事里得到不少乐趣。

打完一局，蛇头说身上很痒。他起来去冲了澡，头发没吹干就躺在我肚子上，冰冰凉凉的，我也睡不着了。蛇头说讲一个吧。我说好啊。我们经常在晚上睡不着的时候相互讲简短的故事听，憨宝奇人，算命先生，同事趣闻，聊斋故事……一般蛇头讲得多。他聪明，善于记忆和复述，声音干脆舒展，将曲折的传奇和深邃命运充满整个暗沉沉的房间。故事总是绘声绘色，一点不乏味。我经常在星光弥散的夜晚听着一半故事不知不觉睡去，神游天外。

"我没想起来，你讲吧。"蛇头说。

"那我来吧，说是从前呢，有一个小孩儿……他的脚上长了一个胎记。"我忍不住笑了出来，蛇头翘起头来要打我。

"那不讲了。"我翻身背对他。

"讲吧讲吧。"蛇头扳过我的肩膀。

和蛇头刚好的时候，我教他学游泳。蛇头手长腿长，脚面也宽，按照我设想的应该一蹬水前进一大截。但是，他的身体僵硬，也不协调，用很大劲在水里根本不动。我却柔软灵活，晚上并排躺着，他要是惹了我，我上身不动，抬腿就能把脚戳到他脸上。每当那时，他都会阴阳怪气地骂我一句，好一个臭知识分子。我在蓝色的水下透过近视泳镜看见他的脚面，一大块青色的胎记，像没洗干净一样。不过，我一直对胎记在哪只脚上有点模糊。

右脚，是右脚。确切地记住全仰仗一个我们自创的小游戏，叫"火烧眉毛"。关于家里的一切问题都可以提问，对方必须三秒之内答出，答错就要受到惩罚。比如我们家共有几把椅子，几个抱枕，几扇门，几扇窗。有一天蛇头突然问，我的胎记在哪只脚？我掀开被子即刻要去查看，却被他按住，毫不留情地拔去一根眉毛。

"那个小孩儿的右脚上长了一个大胎记，小孩儿觉得它挺丑，说它像个什么呢，看半天也想不出。总之，是个什么都不像的东西。小孩儿不愿意让别人看见，无论冬天还是夏天他都要穿长袜子，好把它盖起来。"

"你能不能有点想象力，讲些虚构的东西。"蛇头打断我说。

"切勿心急，想象力来了。那个胎记呢，白天总是被捂在袜子里，好寂寞的。有一天趁主人睡着了，它偷偷露出头来，蹑手蹑脚地跑到他的腿上。小孩儿的腿毛像小树林一样，弄得它很舒服。"

"发育过早。"蛇头说。

"你听仔细了，第二天晚上，它移动到肚子上，把他的肚脐当眼睛，玩得不亦乐乎。于是它的胆子大起来，每天晚上都在他身上来回疯跑，自己和自己做游戏。有一晚，小孩儿水喝多了，半夜起来尿尿。而那时胎记正在他的左脚面上。他从镜子里看了一眼自己的双脚，半梦半醒，尿完去睡觉了。又有一次，他发现自己的脸是青的，又有一次，他发现自己的鸡巴是青的，大晚上他拿着一根青鸡巴尿尿。"蛇头将头埋在被子里，笑出声来。

"胎记紧张死了，小孩儿却明白了是怎么回事儿，他突然觉得自己的胎记调皮可爱，他颇为喜欢它了……"蛇头睡过去了，我一夜无梦。

第二天早上，蛇头身上出现许多又红又肿的包，他以为是过敏了，把T恤掀起来让我查看他的后背。我说这不是过敏，是跳蚤。蛇头大为惊奇，他认为绝不是跳蚤，跳蚤只在农村会有，城市是没有跳蚤的。

蛇头问我身上痒不痒，我说不痒，他撩起我的衣服，"来，叔叔给你检查一下身体。"我一把推开他，"检查你个头。"

蛇头对那一套语言非常熟悉。他用众所周知的标志性话语调侃，在其中，我们确实收获了一些有关性的新奇与欢乐。但有时我认为他的分寸把握不好，我会在这些他认定的幽默玩笑里感到若有若无的冒犯和不安。"来，叔叔给你检查身体""想不想要""来和叔叔做个有趣的小游戏吧"……曾有一次我建议他不要这么做，我们照样可以搞笑和开心。

"有那么几次，你演得太像太完美了，让我觉得你就是那么回事儿。"我对蛇头说。

"别被骗了，我可是个正经人。"蛇头嬉皮笑脸。他不以为然，满脸都是嘲弄和不屑。

蛇头说我身上没包，只有几个像针扎的眼儿，微微发红。不痒吗？他问我。我说不痒，小时候在老家就不怕跳蚤咬。这点我随母亲。

哪里的跳蚤啊？我突然一拍脑门明白过来，有可能是那两条狗！在别墅后院的时候，狗吃腻了客人丢的骨头，便趴在花圃边的树荫里，用后爪挠脖子。还有孔雀，它们身上也可能有跳蚤。跳蚤蹦到我们身上，进城了。蛇头在山楂树林里撒野尿的时候，它们正在我们身上快乐地游走。

蛇头将毯子掀开，蹲在床上，双手环抱住双腿，企图从床单的褶皱里发现一些痕迹。相对于我的惊恐，正好相反，蛇头对于跳蚤光顾的事情虽然一下没了主意，不过他觉得没什么,几只丑陋的小昆虫而已。可能他都不知道跳蚤长什么样子,除了几个包外绝对不会对他产生什么重要影响。第二天,他的态度就完全不同了,开会时我看到手机上他连续打来的电话。他很少直接给我打电话。他说你快看一看,我是不是需要去趟你们那儿让他们给看看。我说我们这儿除了牙别的不管。他不住地挠,那些跳蚤咬过的地方都肿胀到一枚硬币那么大。他听上去万念俱灰。问我怎么办。我说我也不知道。蛇头频频叹气,但仍抱有一丝希望地对我说,兴许可以问问你妈。

蛇头和我母亲处得不错。每当母亲向别人提起他,都要说到第一次见面,他在她的指导下,和了一个烙饼的好面团。隐隐能预感到,那将是一件被重复无数次的事情。现在,母亲在一个出版公司做保洁。那里有个大院子,种了各种景观树,树下铺了厚草坪。她每天给花草浇足够的水,定期喷洒除虫药,剪枝,施肥,保证它们到季开花。此外,把水泥走道里的枯叶和草坪上人们扔的垃圾打扫干净,就完成工作了。

阴雨天气,她穿了一件奶茶色的打底衫,外面套着短小的浅棕开衫毛衣,看着要比实际年龄年轻十几岁。母亲是个中等身材的女人,头发染成稍浅的冷棕色,白瓷一般的皮肤，苹果肌明显，脖颈修长。

视频接通的时候她正在搬运棉花。满屋的棉花，房间里像升了雾。母亲从老家亲戚那里买了棉花，下班和节假日就在宿舍里为我做结婚的棉被。按照母亲的计划，要做够三条正红、三条桃红、三条水绿才算尽了心意。她先将被面儿铺好，再把棉花一片一片、一层一层地垫在上面。那些做好的棉被膨胀惊人，气势汹汹，正准备在几个月后将我包裹。

"我问别人了，照这么算起来，房间有暖气，每条被子只放六斤棉花就可以。"母亲笃定地说。

"按十万一平来算，我只花三十万就能存放这些被子。"我企图让母亲冷静下来，但是那不会有用。

事实上，我和蛇头同居许久之后才告诉母亲。我从六年级就开始早恋，搞得母亲不知所措。她到处搜罗信息，哥哥是靠告状才有钱买了第一个篮球。那时，母亲凶猛的阻挠和打压非但没有让我停止早恋，反而让我认定爱情就是艰难又浪漫。可是，她激烈的痛哭又让我倍感恐惧和耻辱，早从那时起，在她面前表露与异性的暧昧关系就显得困难无比。

当然，母亲也是一样。母亲和父亲经人介绍认识，结婚之前只见过一次或者两次面。订婚那天见过一次，还有一次，母亲去镇上裁缝店买布做衣服，远远看见街道上的一个年轻人在给自行车轮胎打气，看着像，陈腐的自尊让她不好意思上前确认，所以不知道是不是。"那时女方的贞洁多重要啊，婚前同居是要遭人耻笑的。现如今，没人把未婚先孕当回事来羞辱人了。直到结婚，我还认为男女只要盖同一条棉被睡觉就会怀孕，这才哪儿到哪儿啊，好傻的呀！"母亲穿针引线完，开始称棉花。她只有体重秤，先抱着棉花称一遍，再称自己，做个减法。

母亲热爱并且精通计算，读小学时她教我和哥哥很多简便算法。哥哥说母亲之前教他们班数学，对学生严厉。而且，她从来不会在下班时间批改学生作业。在我的设想里，她轻松愉快地打发着她的教职。但那都是之前的事了。

"我一直想问你来着，你当时有没有生气？"蛇头第二天吃早饭的时候突然说。

"生什么气？"我是故意的，我当然知道他说什么。

"那个游戏。我以为你会生气。"蛇头说。

"没生气，没什么好生气的，"我装作不屑，喝了一口蛋汤，抬头盯着他的眼睛问，"难道你做了什么让我生气的事儿吗?"

"你突然这么严肃,弄得我很心虚。"蛇头说,"你像审问一样。不要这样对我。"

他不甘心似的继续追问,连吃醋的感觉都没有吗?我看着他充满挑逗的眼神问他,那你们都干了什么?十分钟而已,随便聊几句就过去了。他补充道。我被他说得一下来了兴致,跟我说说你们都聊了啥?明明就吃醋了啊,他满足地笑了笑,你求我我就告诉你。

我被他搞得有点烦躁,将剩下的半个鸡蛋一口吞掉,"这个惩罚真是愚蠢透顶,以后别再玩了。"

"你缺乏游戏精神。"蛇头说。

在别墅里,吃过午饭,老板招呼大家坐在后院的凉荫里玩桌游。我倒是喜欢和一群人玩那些游戏,每个人都十分投入地滑向假定性的角色扮演,在重重指证中企图逃逸,担心被拆穿,又默默享受惊险带来的兴奋,在真话与谎言中相互辨别和确认。

老板选择了真心话,他讲述了自己和一个年轻女孩的风流韵事。那时他还没有结婚,他着重向大家强调事情发生时还没有结婚。他遇上一个迷人的女孩。他回忆女孩带他去看"路北大帅"。有人问何为"路北大帅",老板起身在双胞胎的小黑板上横向写下"师大北路",然后擦掉了"师"的一横。女孩向他展示她等公交车时留下的"纪念"。

"我们坐车去了博物馆,看了一场青铜器展览。世事变迁,身不由己,我们没能在一起。"老板回忆道。

"这事儿他都讲过一百遍了,每遍都不一样,你们可别信他。"欣姐说着,给大家递上两盘曲奇饼干。

娜娜自曝初恋男友在分手八年后还坑了她一把,"最关键的时刻,安检被查!你们都想不到,我也蒙了,是一个书包挂件,搜肠刮肚想了半天才想起是谁送的!"她的妆容有些花了,玫瑰色的眼线弥漫到下眼睑,"不是玩具子弹,是颗真子弹!朋友们,我差点永远都坐不了飞机了。"

轮到我时,卡片要我讲一件能赢过在场所有人的事。这很难。但我也很快想到了。我在玩游戏的时候,脑子转得比陀螺还快。

我说我能坚持每天都洗头,你们能做到吗?

其实,我说谎了。我哪能天天洗头,能做到天天洗头的只有我母亲。

她确实在头发上花费大量精力。从我和哥哥读小学的时候起,我就清楚地记得一件事:母亲基本每天早上都会洗头。那时母亲在学校幼儿园做阿姨。她起床后做好全家人的早饭,把哥哥的午饭用一只铝制饭盒装好,哥哥爱吃胡萝卜,他的饭盒里经常有手指粗的熟胡萝卜条。我的小黄鸭饭盒里则天天有煎蛋和别的蔬菜,不能有胡萝卜条。所有事情做完,她会解散头发开始洗头,前廊上的阳光混着脸盆和头发上的热气缓缓上升,家里都是洗发水的香味。她用一只玫粉色的吹风机吹干头发,然后骑自行车把我送到学校。我把母亲洗头这件事看得平淡无奇,直到我和同桌讨论到这个问题,我才知道并不是所有母亲每天都洗头。他说他们家的洗发水还有半瓶他妈就往里面灌水,我说我妈从来不灌水,没了就是没了。

很快,蛇头也输了。他抽到的惩罚卡片要求他和右手边第三位异性一起关在最近的厕所里,直到下一轮游戏结束。而那天我偏偏坐在了蛇头的左边。主持的男同事调侃我,你介意不介意,要不我们不玩了。老板抢过话头说,游戏游戏嘛,当然不会介意。我仿佛能看到那时自己脸上的表情,对于诸多情绪种类,我最不擅长掩饰的就是尴尬。此时,我们的女主角——娜娜,大方地往客厅的厕所走去,她还拿了桌上的半杯红酒。蛇头也站起身,在我的肩膀上拍了两下,走向洗手间。

我妒火中烧。

从窗户中可以看见客厅里的厕所，它只是个备用厕所，因为楼梯空间的限制，只有不到两个平方大，掩映在几棵散尾葵后面。一个要在厕所喝红酒的女人，可不会是什么省油的灯。我如坐针毡，喝饮料的时候拿起了旁边人的杯子。我希望蛇头对异性的爱全部给我，不只是严肃的爱，还有那些轻浮的爱。但我明白，那绝无可能。我时不时瞄一眼午后阳光里那个不锈钢的门把手，想象蛇头被困在那扇门后面。十分钟后，主持人去给他们开门，蛇头在大家的起哄声中走出来，娜娜却迟迟没出来。她在里面应该是小便了，冲了两次水，大家都能听得见。

母亲确实很上心，她叮嘱我先把被褥置于阳光下暴晒几个小时，买除虫的药水，揭开床单，均匀地洒在棉褥和床垫上。我按照她的方法试了，除了睡着更舒适之外，除虫并不怎么管用。蛇头被跳蚤折磨，睡得不好，每天都有新增的斑疹。肥皂水、芦荟胶和药膏对他的皮肤作用不大，为了掩盖身上暗红色的疤痕，他在三十多度的那几天也穿长衣长裤去上班，衬衫纽扣一直系到下巴。

晚上他从柜子里拿出我的瑜伽垫，躺在地上睡觉。天快亮的时候，我起来关空调，蛇头躺在瑜伽垫上睁着眼。

他说断断续续做了一个奇怪的梦，梦见我俩并排躺着，床垫在水上漂着。一开始不知道是在哪里，周边都是黄鸭子船，直到远处看见白塔，他才明白，原来我们在北海公园。游客都惊奇地看着我们，黄鸭子船朝我们的床垫开过来。挤挤挨挨的鸭子嘴，随着水波荡动。有人放音乐，我们在床垫上跳舞，一直跳到月亮升起来。

"我看见它了，没想到它能蹦那么远。"他木呆呆地看着天花板说。

"捉住了吗？"

"跳到上面去了，"他指着我们的床说，"不是一只。我查了，它们可能在床垫和毯子里产卵了。"

"晚上真的有东西在我的身上来回跑，不知道是胎记还是跳蚤。"

老小区没有电梯，我们把床垫运到楼下。床也旧了，该换一换了。床架也拆掉，上上下下搬了四趟。我浑身轻松，因为跳蚤问题已经折磨我们半个月了。地板上只留下一圈床板大小的灰尘，一个尴尬的矩形。

一直以来我都觉得这张床对我意义非凡，在那上面试了无数次，我才在床的左下角第一次感受到了高潮。垫子里备受压迫的弹簧像冰层下快要窒息的鱼，苍茫的夜里在我们身下啃噬。每天下班的地铁上，我都会闭眼幻想，此时此刻正泡在床里，荡来荡去。

蛇头在楼下准备把我们零散的床丢弃掉，物业的人正好碰到，他警告说，北京不允许乱丢床垫等大件垃圾，你们要找人拉走。我和蛇头感叹，人生就是这样，有时不得不花钱让什么烂东西离开我们的世界。几天后，我们找到网上处理旧床垫的人，花了四百块钱解决了这个麻烦。

我理解了之前看到的一种现象，你在城市的街道走着走着，会突然发现路边有个破旧的长条沙发。一开始，我以为是流浪汉从哪里搬来供自己使用的。现在看来不是，因为它们都是孤零零的，和车辆的喧腾一样，漂浮在水泥阴影里。是遗弃，静悄悄地、免费地遗弃。

我坐在沙发上，眼镜有千斤重，胳膊和腿不断向下坠落，最主要的还是我的脑袋，它需要有个什么东西来压一压。我想有个躺下的地方。

"那我们今晚在哪儿睡觉？"

"今天下午可以去买个床垫，铺在那儿。"他指着卧室原来放床的地方。

"我们为什么不能买了再把旧的扔掉？"

蛇头没说什么，他进入了收拾整理的节奏和状态，看上去没人能让他停下来。

我低头看了一眼，要是平躺在地上，可以看见橱柜底下像柳絮一样的灰尘。即使冬天关着窗子，天天闭门锁户，也会有那些东西。你也不知道这些尘土究竟从哪里来。我想抬起头来的时候，看到了一粒莓果色的哑光扣子，它被一团蓬松的尘絮围住。那是一场争吵的遗迹。

我们在一起的几年经常会有摩擦。比如去年我过生日，蛇头要送我一件"大礼"。当时他是这么说的，这个是松下的，耐用。手持的太贵了，这个划算，拖着像小狗一样，跟在你身后，可爱吧？有这个，你就不用来回扫灰尘了，用它吸就行。最后他让自己看起来满怀深情，生日快乐！我快乐你妈个头！送我一个吸尘器，且要当作生日礼物这么煞有介事！我没怎么考虑，就开始收拾东西吓唬他。我们绝交吧！当时他坐在玄关的换鞋凳上，不敢辩驳，也不甘心认错，脸憋得像一块腊肠。

吵完我们会各坐在两个房间里干自己的事情，那时候的效率一般都要比平时高出许多，一个原因可能是那些事情已经被反复咀嚼到不得不咽下，不得不暂时缓一缓，呼一口气，还有一个原因就是要把气生得逼真一些。事情过后我们会一起嘲笑那时失控的两个人，充满优越感地笑话他们的幼稚和无聊。而那些引起争端的事件和当时脱口而出的狠话蠢话都会变成我们生活的润滑剂。

"这就像下了一场阵雨嘛,没有任何征兆,突如其来,让人始料不及。开始和终止都很突然。"

"是,狂风大作,飞沙走石。"

那一阵子我们清理洗手间,马桶圈固定器松了,在调整的时候,蛇头将膨胀钉螺母掉进马桶桶身里了。我们拆出冰箱贴的吸铁石,用保鲜膜裹住,再用细绳系牢,从小孔里塞进去,甩动细绳想把螺母给吸上来。半个钟头,我们俩企图吸上点什么东西来,但是什么都没有。

"从网上买一对吧。"我说。

"这种玩意儿不值得花钱。"蛇头还在坚持,期盼奇迹的发生。又过了二十多分钟,他还在洗手间里和马桶较劲。

"怎么还在弄啊?你应该小心一点的,那样它就不会掉进去了。"

"你这样说跟灭火器附带打火机功能有什么区别?要是你来弄就好了,可你只有一张嘴!"

他将我外套上的扣子拽掉了,气愤地将攥紧的拳头举到胸前,我看到——或者我以为是那样——纽扣就被他紧握在手里。

"把扣子还给我!"

"你永远都不会再看见它!"

蛇头将拳头打开,放在嘴边,一仰头把扣子放进嘴里吃了。重重地吞咽。他像小孩儿吃药一样,张开嘴让我确认。

"你他妈简直就是个癞子!"

"你记住!你就是一个臭傻逼!"

事实上他骗了我。他手里根本没有那个东西。我们和好后也死活没找到它。现在它竟然堂而皇之地跑出来了。

那会儿我要是出去租个房子,好好弄一弄,像个小窝一样,或许我们分开便分开了。我们相互拉黑了所有的联系方式。我在朋友家里睡沙发,但坐在哪里都没有我气息的房间,还是时常想起家里那些等着我填充的角落,即使是灰尘,也还要等好长时间来落满。我摔门而去后被一阵眩晕感击中。恍惚、迟钝,在绵绵不绝的白日里,一切突然变得意味深长。

哥哥和母亲纷纷来劝我与蛇头和解。哥哥的动机有些可疑,而母亲苦口婆心,她担心再过几年,我永远都找不到比蛇头更会揉面的结婚对象了。

在无家可归时我竟然开始思念母亲,那种感觉让我变得羞怯柔软。下班后我几乎天天坐在楼道里与她通电话，回忆往事。她问我还记不记得我家那辆自行车，天气好的周末她骑车载我去镇上的小市场买东西，几块猪头肉，一把青菜，一些管理头发的彩色皮筋和小卡子，或者一两件小衣物。灰白的石子吸收疏朗的阳光，散落在路边，路途永远是明亮、轻松、满眼绿色。我们买的不多，大多数时候我会被她的好心情感染……冬天太冷，我们一般坐公交车去，回程就在一个表舅开的小饭店吃碗云吞面。

　　回家中途会经过一个棺材店，一个以羊汤为特色的饭馆和一个炼油厂，炼油厂后来因为老板借高利贷跑路后被推平新建了加油站。还有一片桑林，哥哥以前经常跟父亲在桑林里采摘桑叶，那时父亲在帮人养蚕。我们经过的时候，我会盯着桑林和蚕房看一阵儿，想起父亲已不在那里工作了，想起他第一次把蚕幼虫放在我脖子里冰凉凉的感觉。那会儿父亲通过中介到广东的电子厂打工，一年到头，父亲才回家，过完年他又南去。

　　有几次通话间歇，母亲突然没来由地说一句，蛇头不错。经由此处，她开始叙说她与父亲的关系。

　　在他们时日不多的婚姻生活里，母亲勤俭持家，和婆婆和睦相处，邻里关系也不错。唯独一件事，父亲对母亲的穿衣打扮和每日洗头感到不满。母亲不理会他，她不会耽误任何事情地继续每日洗头，保持头发的蓬松柔顺。幼儿园阿姨们基本都穿着工作服去上班，母亲不跟她们一样，她会穿自己的衣服，化好精致的妆容，穿小跟鞋，漂漂亮亮去幼儿园。到单位后再换上她豆浆色的工作服，将头发绾起来，系上印有幼儿园标志的丝巾，给小孩子们擦屁股。下班后，母亲再将头发解散，换上她早晨的衣服去找我们家的自行车，回家拖地做饭。在一次次的穿脱中，她界限分明。夏天太热了，她扑在脸上的散粉过于廉价，一流汗，整张脸仿佛失水的河床。大家议论纷纷时，称呼母亲为"那谁他妈"，那谁当然是指我哥了，要是对方还不知道，他们就会说到我。这让我极为难堪。

在另一件事情上，母亲无可奈何地妥协了。她的衣柜里有一件红裙子，是一件复古收腰的泡泡袖连衣裙，领口开阔，明显恰当地映衬她美丽的脖颈，还可以看见若隐若现的幽微乳沟。在我记忆里，母亲穿着那条裙子载哥哥去做针灸，治疗他总是发作的扁桃体炎。不知道具体原因就是那件衣服，还是因为别的什么事情引起最后落到裙子上，父亲和母亲吵过架。"这个以后都不准拿出来，再见到我就烧掉它！"父亲厉声说，他严肃认真、满脸权威、不容置疑。在我长大后的多年中，不时会想起这件事情。母亲很美，是父亲认为裙子让母亲太美，以至于妖艳吗？母亲的反驳根本没有任何作用。她也恼怒于裙子引起的家庭争端，气愤地将它扔在灰白的地板上。裙子瞬时失去了女性的腰身，像一条不祥的蛇皮。

我读中学时，母亲准备在六一节时穿那件红裙子给小朋友领操，好配她新买的乐福皮鞋。但母亲的皮肤太白了，她穿上那件裙子在试衣镜前的时候，我提着水壶进门，刚好看到眼前的一幕，对比鲜明，正式而恐怖。

"干吗非要穿这件裙子呢？它把你晒坏的皮肤全露出来了。"我充满厌恶和不乏恶毒的语气让我自己也吃了一惊。

"是啊，还是不穿这个的好。"她讪讪地收了起来。

事后一个多月的某天，我突然收到一封邮件。嗐，还有邮件。想要不通信息是有多难。

蛇头说他喝醉了，醉得严重，吐完就睡过去了。等他醒来，发现马桶圈套在脖子上，他一点都不记得怎么拆了公厕的马桶，他手里攥着的那对马桶圈固定器和家里用的是一样的。"等我仔细一看，突然辛酸地哭了，那个膨胀钉的螺母是塑料的！就是说，我花了一个下午的时间在用吸铁石吸一块塑料。我干了一件多么徒劳的事情！我太蠢了，我不乞求什么，就是想把这件事告诉你。"

在诊所工作久了，我们碰见过各种各样的难搞客人，他们为大家增添烦恼的同时也给我们带来了无限欢乐。每当聚在一起，老板总要将他们模仿一遍。不得不承认，那些认为镶的牙不如原来牙齿好看、拔牙后口腔溃疡怪罪医生没洗手、因为正畸开始频繁打嗝扬言要把诊所烧掉的客人，确实被老板演活了，我们在他故弄玄虚的表演里得到了奇怪的安慰。

老板第一次这么干时我想起来一个人，不过时间久远，我得集中精力仔细回想才能记起来一些东西。

与哥哥的那次碰头是商量母亲卖老房子的事。

哥哥从航空航天大学毕业以后，继续研究他热爱的飞机，他的妻子在舞蹈学院做老师。在我与蛇头刚认识的那会儿，回老家了一月，因为母亲准备卖掉老房子，去帮助哥哥照顾产妇和新生儿。房子靠近省道，有人看中那个大院子，想买下开汽车修理厂。旧家具家电都堆在路边，母亲招呼邻居们有需要就拿去。老房子搬空了，多年无人居住的样子。院子中间只剩那两棵孤零零的桑葚树，低眉顺眼地立着。母亲已有些耳背,她专门烫了头,显得很精神。我在一个雾蒙蒙的早上送她和哥哥去机场。

"他第一次来带了草莓,你还记得吗?"

哥哥给我冲了一杯胶囊咖啡,又打了一些奶泡堆在上面,盯着那些消失很快的泡泡我问他,"那是刚三月初,樱花还没有开呢,他竟然给咱们带了草莓。真是新奇!可惜妈一开始不让吃,她还准备让他把东西带走。草莓用透明塑料盒装着,幽幽的香气不断飘出来。所以我印象深刻。你还记得多少?"

"他一开始就图谋不轨!"他将水壶重重地放在桌子上,仿佛在责备我提起不愉快的事情。

那个男人把带来的草莓放在桌上,现在想来挺不符合一个关系不算亲近的亲戚到家里来时的礼节。母亲一向看重到访的人手里提了什么。

母亲让我们叫他董叔。

董叔块头大,肩膀宽阔,皮肤晒出的黑色颇为健康,脸方方正正,头发服帖地往后卷曲,眼睛看上去深思熟虑,仿佛有用不完的主意。他觉得我们家有钱。我们住的房子宽敞体面,父亲常年在外打工,母亲又当过老师,他断定我们家有可以给他好处的东西。

他向母亲兜售保险。

母亲局促地坐着,我和哥哥竖起耳朵偷听他们的谈话。董叔细致地给母亲讲解保险的各种好处,反复推算不同险种的保费和保额。她偶尔搭话说出一个数字,董叔会连连夸赞她的计算能力。但母亲没有那个打算,那时候镇上没有人会考虑将暂时富余的钱用来买保险。母亲和大多数人一样,果断拒绝了他。她客气地留他吃午饭。他说这次不了,我再来。我再来,他每次走都说这一句话。

他不食言,真的又来了,并保持一个月两次的频率到家里来。每次来都要例行他的工作,向母亲介绍保险,并极力说服她要尽早购买。

一辆木兰小摩托,不算新了。那个年代,仿佛只有女性才会骑木兰。他把车停在家门口,后来母亲让他把车放到院子里来。有时候他还会留下来吃饭。一直到夏天,他跟我们相熟了,母亲还是没有买他的保险。但那时我已经凭借小孩子的敏感发现大家不那么讨厌他了。当然,除了哥哥之外。哥哥不喜欢他,他骂他狗东西,要骗走我们家为数不多的钱。他说,妈千万别犯傻,不要把钱给他。那时没有手机,有时他到我家,我们一家人都不在,他便询问邻居,到菜园去找我们,还帮助母亲采摘、松土、施肥。

狐狸的手套

他是那类与人熟识之后才变得可爱的人。他像老板一样，特别善于模仿别人。在豇豆架下，他演邱淑贞叼扑克牌、江湖烂仔乌蝇哥，动作夸张、表情活泼。有次兴致来了，他还模仿起他的老婆来。端出一摞碗，但凡碗底有残留的水，不管身后有什么，径自将碗往后一倒，开始盛粥。每只碗都如此倒一遍。他上蹿下跳，浓郁的膏药味道从衣服缝隙中挤出。

董叔有一台相机，是他的宝贝。即使后来我们很熟悉了，他也不让我们碰他的相机。不过他会给我们拍照片，自己洗印后下次来送给我们，还在照片的背面写上拍摄日期和地点。一张我和哥哥在洗面筋的照片后面，董叔用蓝色的圆珠笔手写着："二〇〇〇年盛夏，家里，孩子们准备去捕蝉。"他说"孩子们"，这个称呼说不上坦诚，可它扬扬自得又充满放纵。

"走吧，我们得去买个新床垫。"我睡了一觉，浑身是汗，蛇头把我叫起来，我冲了个澡。

床架太沉，我们只能让他们送货，四天后才会到。要是床垫和床架也一起送，我们俩这几天晚上就睡不成觉了。于是，我们只把轻一点的床垫先打车运回来。出租车司机一路聊着如何从路边绿化带接水洗车的问题。

一个中等价位的海绵床垫，透过车窗，淡蓝色塑料膜反射着天上的所有云彩。

我不知道和蛇头结婚能有什么未来。换句话说，我一眼望到了未来。每一个生命的节点都是我们坐在这个房间里，吃饭、睡觉、做爱、看电视、刷碟子、修马桶。我曾狂热地迷恋他的身体，我曾笃定会是永恒不变的爱，幻想我们要是结婚，每天都会幸福到晕过去。然而激情已在漫长的同居时光里慢慢减损，我变得谨慎起来。他的光芒不那么耀眼、尖锐，我也被虚无的怀疑所诱惑，我期待什么东西能给我启示，告诉我这是必然如此还是值得警戒。

没过多久，我又见到了那位女士，在别墅里为大家做冰激凌的娜娜。她和几个人一起吃火锅，挡板将我身后的空间隔开。她在离我七八米远的地方讲话。"我打赌这菜上的水珠是现喷的，反面没有，你看！""天呢，你别指望人永远不变。""想什么呢，他们见一个爱一个，这才是真理。"我还记得她让人大开眼界的说话语气。当然，我一点都没想转头去打招呼，可我时不时支起耳朵听她讲话，想象她美丽又夸张的神态，好奇心和窥视感让我感到紧张又羞耻。她和几位朋友谈到了一个辩论形式的综艺节目、砍妹的眼线胶笔和方家胡同喝精酿的清吧。最后,她们就不久前的一次性骚扰公共事件、爱与界限发表看法。她提及了我们几周前的别墅聚会、受到的游戏惩罚以及卫生间里那个让她留下不好回忆的男士。

"他不对劲,你们相信我,我阅人无数,他就是那种人。毫无疑问。"她这样说。

当她讲到这儿的时候,我就应该立即站起来,走到她的桌前反问她,我的未婚夫究竟对你做了什么不对劲的事情。我没能站起来,反而换了一个更舒适的坐姿,跷起了二郎腿。她也看见并认出了我吗?我把那当成善意的警告了吗?绝不。我从听到"那种人"的时候就感到了一种愤怒,我在意识中怒斥她缺乏游戏精神。虽然我对娜娜印象不怎么好,但当她说这句话的时候我没有厌恶她,我没有把那当作她向在场男士和女士展示魅力的一种冒险。为什么没有站起来,我无从知晓。或许我在等她再说点什么别的。总之我没问,我心里非常明白,一旦我错失了那个机会,我就再也没有机会问了。

蛇头经常会耍一些无伤大雅的小把戏,撒点不疼不痒的小谎。比如他会保存游戏中和女性上床的照片,还会发给我看。他认为卧室的黄色灯泡太热了,一定要换成白色,我们去挑选吊灯的时候,他会旁若无人地说,这盏灯不错,适合做些有情趣的事情,你说对不对。他还喜欢一切可以拆塑封的东西,卡通玩具、化妆品盒子,尤其是新书,他从来不从图书馆借书,他都是看新书。撕开这层处女膜。他拿过一本塑封的书通常要粗鲁地来上这么一句,仿佛他想干什么就能干成什么。

风筝事件之后,我去蛇头家里玩游戏,他打开门迎接我。门关上后的第一秒,在狭小的玄关,他用濡湿的嘴唇将我封堵。冰凉的面部皮肤、牙膏和男士洗面奶的味道,藤条一般的舌头,不容分说,彻头彻尾。我想起了"围猎"那个词,电视剧里皇帝和侍从对一只兔子的围剿,对一只兔子居高临下的预先设定。中间他停下来对我说,不要矜持,我知道,你爱我,从一开始你就爱我。他没有说错,事实就是那样。但对这么猛烈的进击,我既吃惊又反感,也丝毫不想继续下去。在他再次贴上来时,我从身后的柜子里抓了一根同样坚硬的东西抵挡住他的喉结,使劲推开他。我坚定地告诉他,你停下来,必须停下来!他叹了一口气,看着我手里的东西,那是一根汁水缺乏、毫无攻击力的紫色甘蔗。那天我为了使自己看上去优雅美丽,特地穿了高跟鞋。那双鞋很打脚,在紊乱急切的下楼步伐中水泡破裂。这不比腿上或者胳膊上有个伤口,脚上的伤口是那种钻心的疼痛,每走一步,脚都像被狗咬一口。

我回想,忍不住回想,只记起了一扇门和一簇散尾葵,还有娜娜手中的杯子、脸上因为酒精作用带来的红晕。事实是蛇头起身离开时轻拍了我的肩膀。我有些错乱,总是情不自禁地想成动作的发出者是她,她一手端着酒杯,一手在我的肩膀上轻轻拍了拍,仿佛在说"别担心,我不会吃了他"。在多次润色后,我好像义无反顾想象了那个动作的信号,"来吧,一起来看看他是个什么货色"。我起身了,一次次起身,跟随她扭动的腰肢和酒杯里晃动的红色液体,一路来到散尾葵后面,打开那扇牛油果绿的门。在同样逼仄的卫生间里,我开始隐身,变得透明。就在那时,蛇头采取了行动,他玩起惯常的伎俩,发扬游戏精神,用自己命名的玩笑企图逗她开心,显示自己的聪明与才智。口无遮拦,狡猾肥腻。他或许在女士的反抗中得到快感,或许还会更过分,甚至用嘴,用手,用舌头,或者动用了自己最伟岸的器官,大不大,想不想爽?

隔板那边,娜娜夹起一片青菜,可能另一片相似的青菜让她记起别的什么事情。她又发表了一些心得。

"男主人也是那样的人,我一清二楚。"

对我来说，那是一句提神醒脑的补充。这些话互相指证，互相说服。我不知道当时是怎么劝说自己花费一个美好周末跑到几十公里开外的郊区参加聚会的。在别墅里，我像个侦探一样，打量着可疑的物品和房间的细节，企图从完满明丽的生活中发现什么破绽和蛛丝马迹。

我刚入职诊所时，主要给老板做助手。我需要按照他的意愿完成他交代的事情，包括协助他在牙椅前的各类治疗、撰写诊所广告文案、替他完成发言稿和泡柠檬水。在这几年里，他没有缺席一次被邀请的口腔论坛、器材革新研讨、诊所经营管理会议。在讲台前，他喜欢把四字成语夹杂到讲话中。"节奏分明，掷地有声。多多益善。"他这样告诫我。

"只有奋起直追才能望其项背。"他兴奋地挥舞双臂，称赞国内一位德高望重的牙科医生，为如何缓和医患关系做例证。在整理材料发表时，他坐在办公椅上，仰头质问我为何修改了他的讲话。我提醒他"望其项背"多用于否定句中，改为"即使奋起直追也难以望其项背"会更合适。第二天，我敲门进去坐下时，老板已经把他的座椅调高。他俯视我，并通知我两周后和他一起出差。在那个潮湿的南方城市，我们在路边等车，看到了"路北大帅"。但在别墅里,他篡改了事情发生的时间以取得"真心话"的道德合法性。没有博物馆,更没有什么狗屁青铜器。

当天晚上,发生了如下对话。

是一对双胞胎,两个月后出生,能帮我想想名字吗?

恭喜您。我会好好想一想。

我能到你房间跟你讨论一下吗?我想出来几个。

我出来和朋友聚会了。

几点回来,我等你。

估计会很晚。

没关系,我会等你。

太晚就不回了。工作不会耽误。

我刚刚下楼散步,看你房间亮着灯。

我走时忘关了。

你回来了吗?灯关了。

我的电脑坏了,我需要用一下你的电脑核查明天的PPT。你来我房间一下吧。

你知道我为什么送你接吻鱼吗?

……

我哥哥摔断腿时,董叔已经半年没有拉到保险单子,他指望我母亲这个迷糊的女人救他一次，保住他的工作。他成功了，我母亲确实投保了。我和哥哥也是后来才知道的。在我父亲因胰腺癌去世后不久，母亲获赔了一大笔钱。按我的猜测，这也大大出乎了母亲的意料，或许她根本不记得自己购买了什么险种。也可能经过精密的计算她早已得知数额，不过真的一分不少地按约定理赔才是让她吃惊的事。许多年以后，直到我和哥哥上大学时还在花着那笔钱。如果董叔有所耳闻，他一定会把精明的、飘飘欲仙的表情展示在他法令纹很深的脸上。说不定还会私下把母亲当时扭捏怀疑的做作神态表演给别人看。像老板一样，赚到了病人的好处，也不放过他们，还要将他们的愚蠢羞辱一番。

董叔在个星期天的下午最后一次出现后再也没到过我家。

据我哥哥描述，那个下午格外炎热，他在屋里打开了风扇，准备在令人窒息的午后睡一个不那么舒服的午觉。那时他的武器已制作完成，他没有把木头削出个一二三来，而是直接把削木头的刀片用纸和胶带牢牢固定在木头的凹槽里。是一柄长刀。他那样隆重地向我介绍它。哥哥就是用那柄长刀制止了董叔。在他侵犯母亲的时候。

"他用手来挡,这刀很危险的,他不知道,"哥哥说起那件事时已经可以挂拐上学了,"我削断了他的一截小拇指,让他得到了应有的惩罚。"

他们三人,哥哥、母亲、董叔,他们在慌乱中试图寻找那截手指,但它神奇地消失了。第二天,哥哥说第二天,他在自己黑裤子挽起的裤腿里找到了它。皱皱巴巴,像一截失水的胡萝卜。哥哥向我形容。他谁都没告诉,在院子里挖了个坑将它埋了。第二年,手指的坟墓上长出了一棵毛地黄。什么颜色的花朵,哥哥没有说起过。他只是跟我讲,毛地黄,他们老师上课时提起过,又叫"狐狸的手套"。一只聪明的狐狸,在草丛中看见一簇盛开的毛地黄,灵机一动将花朵套在脚上,这样走路便没有声音了。就像枪支的消音器。哥哥补充道。

猎物放松警觉,狐狸鼓腹而歌。

当然,我没有在场,我那时正在外婆家小住,每天下午和她一起去树林里放鹅。手指事件就发生在我放鹅的时间里。明明白白,每个下午我都愉快轻松,在外婆为我编织的野花草帽和溪水间的鲫鱼青苔里度过,没有收到丝毫来自母亲危险困境的感应。

我还在别的地方见过母亲那件精美但没穿过几次的裙

子，那是在读大学之后了。那些照片从她夹鞋样的杂志合集里掉出来。毫无疑问，我们心知肚明是谁拍的。一张照片上是哥哥腿部打的石膏，上面有我和他的涂鸦，一只北极熊和一只大头的鸟，周围是他歪七扭八画的正字。还有两张照片我从不知道它们的存在。照片中的母亲穿着那件秘密的红裙子，绸缎的波纹细腻紧密，母亲自在地舒展她的身体，一张她回身望向远处杂草丛生的野地，一张她直视镜头，直视拍照的人，眼神迷离凄楚。裙子像她长出的枝叶一般，被夏末的风轻轻吹动。照片背后照例有一串蓝字，经过十几年的磨蚀后，笔画已经模糊了边界：挂历女郎，洗印三张。是不是有关爱情，我没有明确的答案。那些层层叠叠的心绪，别人循着蛛丝马迹来猜度和揣摩如何能明了呢？

相纸上她只是一个女人，仿佛跟我没有任何关系的女人。可她真真切切又是我的母亲。母亲的称号不是她与生俱来的，她是慢慢成为我妈的。她为了保留一个不知道会长成什么样、给她带来诸多麻烦和苦楚的小生命丢掉自己的教师公职。还有那条裙子，我感到欣喜，甚至在那一刻想要感谢一只闯入的狐狸，感谢他留住我们房子外墙上的菱形窗户，留住母亲私密的自我和眼里温柔的迷雾，以及一个女性按照她以为美的方式去穿着打扮的自由和尊严。

在几年之前,我听说过董叔,一个朋友向我提起他。在她的转述里,新娘站在台上,挽着那个男人的胳膊——就是之前老去你家卖保险的那个男人。他不一样了,不像年轻时那样好看了,头发斑白,是一个老人了。婚礼当天他还因为小矛盾和男方父母起了冲突。

小镇地方不大,不知道母亲是不是也经常碰见他。

我突然想到什么。

"那人的手指现在怎么样?小拇指。"我掐着自己的手指给她看,急切地想要知道答案。

"手指?"她错愕地挑起眉毛,"怎么了?"

"我不清楚呢,据说……因为一次小事故……断掉一截……"

"左手还是右手啊?"

"这……我不知道。"

"没有吧,没有什么不一样啊。他的手好好的,还举起来要打人呢。"

可能吧,可能是我哥哥撒谎了。他想夸大他那柄武器的厉害。他那会儿苦于断腿卧床的炎热,幻想成为激进英武的世界主宰,时不时还想挑起小镇青年之间的事端,好让大家记住他了不起的好主意。他正痴迷于这个呢。好多事情无比真实地发生了，当然，还有一些事，它们在我们的想象中发生并且有模有样地推演。时间久了，它们侵蚀了真实的经验和记忆，让一个亲历者也忘记他本该拥有的权威。

我完全有可能告诉我哥哥，我也让一个人得到了惩罚。我可以告诉他，我陪一位男士出差回来时，在地铁口便利店为他买了一只宇航员打火机，按下左耳朵，右耳朵会往外喷出火苗。然后我给他点烟。他站在满是柳絮的草地上吸烟，树木繁盛的生殖欲望让我过敏。哥哥知道我对那东西过敏，这样说他会更容易相信。男人着急吸完那支烟好拖行李箱去停车场找车。就在那时，我假装把点着的打火机掉在草地上。烧他！我说。打火机掉在均匀易燃的柳絮上，火苗在绒球间急速蔓延，迅速烧到男人脚下，烧伤他的小腿，或者领带和头发。

无论如何，我那时把哥哥的话当真了，我从没怀疑那会是假话。在以后漫长的时日里，只要见到相似的植物，总会想起那个可怕残忍又冗长的故事。不过谁知道啊，朋友记得并不十分真切，或许那人根本不是董叔。新娘姓李不姓董，我们那个保守落后的小地方随母姓的人可不多见。

吃完火锅后的一个星期五，我下班回家，蛇头已经回来，他从厨房探出头来，说我那天的打扮像个小婊子似的，美极了。没错，婊子，他说。他在水池里洗韭菜，然后搅打蛋液，勺子碰着碗壁发出清脆得意的撞击声。

不对劲。我犹豫不决。我感觉问题百出。

"你以后都不要再耍这些自以为是的把戏了！"我用手指着他的鼻子说。

当然，我没有问他。

趁他洗澡，我还翻看了他的手机，一切了无痕迹。那张毛地黄照片被他用作手机壁纸，花朵在窗帘摇曳的阴影里明目张胆，发出幽蓝蛊惑的光。

周末我有些不好过。下午三点我都借故出去会朋友，沿着河散步，河的两边种了海棠，我一直心事重重地走到公园。穿过桥洞、马路，无目的地游荡。母亲的被子终于完成了，哥哥还定做了一套昂贵的西装。没有答案。在公园的湖边坐一会儿，再从草坪穿过，在几棵忍冬和水杉的树荫里喝一杯奶茶。

在湖面吹来的清爽凉风里，我的心肠变软。我禁不住回想蛇头的好。他知我肠胃不好，早上早起半小时用蒸蛋器蒸好鸡蛋，好让我多睡一会儿。周末早上也是一样，等我起来就能喝到温热的粥。每次我出差回来，他都会到机场快轨接站，他不会只在地铁门口站着，而是下扶梯直走到安检口等我，在廊道里乱窜的热风中接过我的行李。假期我们回老家看望母亲，蛇头光着脊背和哥哥去河道里挖暴雨后河水淤积下来的沙子，还会说服为公家干活的挖掘机司机趁管事儿的不在，为他俩的车上铲上几斗。还有一次，我网购了一单蔬菜，韭菜叶片修长，香菜也有些粗壮，他在想事情的时候，把香菜当芹菜摘了。在性这件事上，他也迁就我，慢慢进入，结束以后紧紧贴着我的后背抱住我，等我汗水蒸发殆尽才催促我去洗澡。往日所有的温情，真是难以想象。我后来明白，回想给不了任何答案，它什么也不是。我在回想某些事之前就预设了我想要的回忆。

而我正是那样的人，有时因为几句蠢话自责一天，一点小事和困难都会在我心里翻江倒海，陷入无望的纠结痛苦中。我是多么厌恶吞噬我的那些恶浊雨水。诱惑我和蛇头继续生活的或许是他身上明亮的希望和积极，他假定一切会变得越来越好，并敏捷迅速地捕捉漂浮不定的快乐和幻梦。

黄昏时，蛇头出来找我，他带来了我的针织外套，把它当作围巾系在自己的脖子上,折腾够了又把手套进两个口袋里,朝我打拳击。我们去便利店买了雪糕,坐在河堤上吃。远处的垃圾桶边放着一个紫色的床垫,看样子它的主人已经知道了垃圾处理规则,不想花钱,悄咪咪地把它丢弃在河边这个隐蔽的垃圾桶边。

明灭不定的光让我们的眼皮发痒。没过一会儿,一个流浪汉走到垃圾桶旁边,捡了几个瓶子,然后他开始拖动那个床垫。

"他想要那个。"蛇头说。那项工作看上去有些困难,他拖了两米不到就围着床垫打转。

我们走过去。刚才太远,没看清,原来是个婆婆。她自己是没可能把床垫搬走的。

"你要这个吗?要搬到哪里去?"蛇头问她。

她点点头,指着我们刚才坐的方向。她说她想把它拖到桥底下,她原来那个太旧了。

"你要是前几天碰到我就好了,我那个比这个新。"蛇头的嘴唇被雪糕冰得又红又肿,显得格外忠厚。雪糕被他咬在嘴里,像一个瓶塞。

我们变换了好几种姿势,朝那边走去。小土坡上几朵蒲公英灰头土脸,它们已经毫无水分可以吸取,却依然要托举住残酷的阳光。海棠树下，草坪被去地铁站的人抄近路踩出一条细微的小道，旁边裸露的橡胶管让人毛骨悚然。我们沿着那条小路走，还要下几级水泥松动的公园阶梯。

我们没人敢把那张床垫当成垃圾。

有那么几秒钟，我们的床垫挡住了正在下降的粉红色夕阳，而我们三个仿佛几只齐心合力的蚂蚁，举着它们早已镂空的鱼头。

买来新床垫那天，我用自己的生日礼物——那个吸尘器把家里的灰尘都清理干净，拆除垫子的外包装，一股海绵的味道飘出来。那张可怜的床垫，没有床架支撑，像一只脚没鞋穿。它白得发亮，躺在屋子中间，好似一块烈日下的岩石。

后来，床架终于到货，床单、毛毯、枕套、枕巾全部洗过、晾晒。外面阳光正炙烤着屋顶，我们冲了澡，躺在新床上，空调打开着。

"我一直想问你来着，"我枕着胳膊，看着天花板上那个短发少女头像般的污迹，小声说道，"你在卫生间里都干了什么呢？"蛇头含糊地哼了一声，没有说话。

他好像已经睡着了。

"表演拆马桶盖了吗……"我自言自语道,"那你真是个天才啊。"

蛇头放心地闭着双眼,看上去毫无防备。人还是睡着了更容易让别人信任,也更容易与人相爱。

我也睡了一个踏踏实实的午觉。睡醒之后,我们再也没有提起过这件事。绝口不提。

夏天让万物蓬松,光浓烈耀眼,快速流去的河水及蓬勃的枝叶,掩盖了一切芜杂、模糊的情绪。逛公园、爬山、泛舟、骑车去玩,虚度之后还是虚度,逻辑的裂缝渐渐弥合。我迎接了我的新世界,它极不真实。直到一场秋雨降下,凉风吹散了暑热,臆想的嘲弄和痛苦早已东飘西荡,密匝匝的正经事向我压来。

几个月后,我们如期举行了婚礼。

有山有谷

一场小雪过后,相宜理发店前的路泥泞不堪,新鲜的泥点干结在冬青叶和路缘石上。两条主街在此交会,之前这里是牙科诊所,门前有棵树冠肥大的梧桐树、一个立式灯箱广告牌。广告牌夸张又突兀,上面印着一颗巨大的发光牙齿和几个放大镜,底部是用水泥封固的,大概想开成百年老店来着。辅路铺柏油时,施工队把它空了出来。

理发店开起来前,灯箱被拆除,水泥也一块块碎裂开来,街上的小孩儿用它们来跳方格游戏。泥土裸露,春夏车轮压不到的地方长些灰灰菜和蒲公英。门前重新安装了红白蓝挂墙式转灯,底下停着六七辆轻便电动车。阳光掺了水一样,铁架上米菲兔的手巾已经冰冻板结了。

是小珍推荐松莉到这儿来的。她从家里步行了二十多分钟才到。

这是年轻人喜欢的地方,松莉脖子上世纪初买的围巾有些格格不入。墙上的射灯打在电影海报和美人图上，等待区有两个舒适的玫红色布艺沙发，边柜里放着《故事会》和时尚杂志。她在椅子上坐下来，面前的小桌上有两张带木框的相片，一张是张国荣蹲在地上看人打牌，另一张是理发店老板与一位本地小明星的合影，他在一档水上闯关节目里拿了冠军。店里人不算多，有两个烫头的，一个等着洗发染发，还有一个同来的人在看手机上的糕点教学。没有人刮脸。松莉原以为会有不少中老年男人在这里刮脸。老板的亲戚在店一角搭了隔板，开小窗口烤肉火烧，玻璃向内开了一道缝儿。热烘烘的空气里满是猪肉葱花和老抽的蒸汽味，对饿肚子的人来说，那是最勾魂摄魄的。

"疼不疼？"老板问松莉。

"倒是没想的那么疼。也不是你说的一点儿都不疼。"她盯着耳垂端详了几眼，转过身子，打另一边的耳洞。

"我还以为真有个枪一样的工具，瞄准，发劲儿，砰一声，就大功告成了呢。"松莉说。

完事儿松莉买了一个烤火烧。旁边的女孩儿也买了一个。她脸上抹着药膏祛斑，火烧还没来得及吃，被老板叫过去躺在洗头椅上。松莉跟过去看。老板用牙签从女孩儿脸上的药膏里往外挑黑色的东西。

"你这个疼不疼？"松莉问。

女孩摸了摸自己的脖子，没有说话。她可能感觉有烧饼渣掉在了胸前，但松莉认为她也许是个哑巴。

"你做一次吗？也很便宜。八块一个。"老板问松莉。

"我不做这个。我吃完就走。"松莉说。

相宜理发店是镇上候车的地方，附近的居民在这里坐班车进城。以前的候车点还要往北两百米，后来为了蹭理发店的 Wi-Fi，转移到此地。尤其是夏天，人站在梧桐树下等车能躲大太阳，多少凉快一些。老板把电线拉出来，插冰柜卖雪糕。班车在这里停十五分钟，司机老林会下车溜达一圈，把自己的凉鞋脱下来放在台阶上坐着，吃从冰箱里挑出来的山楂味冰工厂。

要是人不多，小珍习惯坐在后排那个海绵钻出来的座位上。她乐意把左侧的窗户当作取景框，麦地、山、树林和野花，桥和流水，一幅幅画。班车从村庄的坡道行驶下来，公鸡母鸡扑棱棱被吓走，麻将桌边一圈脑袋。等在路边的老人、孩子，从地上提起行李，老远举手示意停车。她去过北京才知道，城市的公交车到站点才停车，不像她们的班车一样，随时随地都能停。挨着取景框的那个位子格外招人喜欢，坐垫和帘布最完整。乘客有各式各样的表情和姿势，跷二郎腿，玩手机，呆坐，看窗外，睡觉，与邻座的人聊天，或者什么也不干。有次她还见过一个人脱了鞋，像上炕一样盘腿坐那儿。

班车往返于县城与西郊各城镇，路线近乎一个葫芦躺倒的轮廓。整点发车从南向北转，半点发车从北向南转。丘陵地区颠簸多，班车老，公路旧，车开快一点，两肾都能倒换了位置。乘客不愿意在车上多熬煎一时，但常常忘记发车时间与路线的规律，计算不出怎么坐能更快到家，询问起来又表述不明确。这车到不到哪儿哪儿啊？无论是谁趴在司机老林的窗口问这个问题，都会被他阴阳怪气地驳斥一通。坐上这车，到不了中南海，你家是怎么都能到。

"你生这气真是没来由，直接告诉他坐这班还是坐下班不就好了。"小珍对老林说。

"这人面不善，对这种人，可不能客气。"老林把烟头往窗外一弹，发动了车。

小珍一开始并不迷信面相，后来在车上见的人多了，又历经了一番大遭遇，反而认为人的眉眼里确实藏着似有似无的秘密，或许还和命运扯上些许关联，她自己也说不好。

上班时，小珍喜欢打扮一下再动身。为此，她要早起半小时，铺底妆、描眉毛、上大地色眼影，睫毛稍微卷一卷，只涂一层睫毛打底，眼线不画，腮红扫两下。她不让妆容看上去张扬又刻意。脸妆看不到明显的边界，气色好一些，就是她要的全部。眉毛总是最难画的。小视频里说，阮玲玉画一条眉毛要两个小时。画完都能睡午觉了。看手机里几年前的结婚照，僵硬臃肿的眉毛让她自觉难堪。这才几年，那种眉形已经不时兴了。不过，没事的。经过不断练习，她可以轻易画双自然又舒展的眉毛。

此外，她还买了蛮多便宜耳环。都包邮，邮费让她感觉吃亏。按照习惯，她会先戴好左边耳环。刚打耳洞时，她经常戴上右耳环，左边却因为耳洞细无论如何戴不上去，索性全部摘下来了。还有眼皮、颧骨，通过化妆，她认识到自己身体诸多的不对称。这些领悟也安抚了她的内心，让她从以往那些简单的认知里恢复过来。连自己都是这么复杂的，还有什么可以牢牢控制、永久不变呢。

小珍对松莉说，去相宜理发店，老板手又狠又快，耳洞打得直，戴耳环不会偏，好看。松莉就去了。

她们是邻居。松莉家的房子还算阔气，房顶不是传统的红瓦，而是灰蓝瓦。这种瓦在十几年前热卖过一阵子，现在看起来倒灰头土脸的。后来，红瓦和灰蓝瓦都不流行了，人们开始盖平房。这几年，台风总在将要消弭时扫过尾巴来，接连下一个星期的暴雨。平房大大降低了漏雨的风险。只不过，松莉家的屋顶在一片平房中兀自凸起，好似一座庙。围墙用空心砖垒砌后，到现在也没有抹水泥。

小珍家的围墙不仅抹了水泥，还刮了白漆。因为紧挨省道，那面围墙便成了刷墙公司眼中的完美位置。几十年中，这面墙接连出现过蜂蜜、白酒、三株口服液、配种猪、屠宰机器和二手车的广告。也刷过宣传口号，"只生一个好""一个太少，两个正好"。当然，这些红油大字都将在几年后被"二胎不够，三胎来凑"再次覆盖。政策号召、普法卫生、教育经济、警示提醒都曾在这面墙上留下痕迹。

松莉是前几天突然回家的。他们家的房子闲了五六年，过年也是门锁紧闭。门廊上悬的灯泡都被小孩儿拧下来玩了。空寂惯了，忽有一日，小珍听见扫帚唰啦唰啦扫院子、泼水、铝锅盖堕地的声音，才发觉邻居回来了。

除了主屋，东西厢房都是平房。小珍家的屋檐稍长，两家的廊道几乎接起来，一步就可跨过。小珍刚来时，松莉站在房顶上看她结婚。有人扔给她喷花礼炮让她放，她以自己不会操作拒绝了。小珍看她背着手站在自己家新房的屋顶，笑眯眯的，非常古怪。母亲说，你记得她不？是你莉姐。她抱过你，你尿人家一身呢。

有一次，小珍坐在台阶上吸烟，抬头一看，正好迎上松莉的目光。她迅速掐灭烟头，进了屋。后来，小珍从窗户里看见松莉几次轻松地迈到她们家的房顶上来，忍不住对丈夫小和抱怨，你们怎么修那么长的屋檐，拿刀砍一半去，别人也不会猴子似的蹦来蹦去了。

现在，松莉又来了。小珍却觉亲切，想让她多待一会儿。时机不同，人们希望的事情和不希望的事情并不截然相反。她坐在平房的排水口处，双腿垂在半空里。

"你们活儿忙吗？"她问。

"就那样，收收钱，画画正。不算忙。"小珍说。

"还是那个老林转方向盘？"

"他干完这个月就走，去给领导开车。"小珍把被罩收到沙发上，没叠。

"那人老是凶巴巴的哈。"

"他人很好的，脾气有点火爆。临走了，这几天闷闷的，看上去不好受。"

"也没什么稀奇。一个姑娘，她就是自己找了满意的好人家,出嫁时也要哭一哭的。"松莉说。

她戴了一顶毛呢的卷边帽,细皮带交叉出一个简易的蝴蝶结,金属扣固定。估计太阳晒得她暖和了些,她脱掉了外套,露出驼色粗毛线针织衫和灯芯绒的裤子。从鞋底看,她轻微足内翻,不过走路看不出来。还是老了一点,动作没有那么麻利而坚定了,有些倦怠,缓慢柔和,这倒让她获得了难得的稳重。兴许是在高处的原因,小珍觉得她脸上的皮肤越发下垂。她曾经是个眼睛大而圆的漂亮女人。

"怎么突然想起来要打耳洞呢?"小珍问。

"没赶上好时候,老了好歹美一美。最后的机会了。"

小珍觉着她没说实话。和母亲一样,镇上的女人们习惯把好事儿捂着,生怕它们飞了。露馅不露馅的,总要等到真相大白那天再掏出来给大家看。还没尘埃落定就张扬出去是沉不住气的表现,要遭人嘲笑的。

"看来要升级当婆婆,等人家的金耳环来填呢!"之前,她一直讨厌长辈们挖苦人的玩笑,现在自己出口成章,调笑起来也驾轻就熟了。松莉也不恼。

"我倒盼着那样的好事儿。只是不知道人在哪里。"小珍不清楚她说的是不知道儿子在哪儿,还是儿媳妇在哪儿。

不好问。

"你有没有听说过，没有耳洞的话，到了那边会变成个葫芦头。"松莉身体前倾，用手撑了个小喇叭，一本正经地说。

小珍迟疑片刻，被她过度的小心逗笑了。松莉比她母亲还大八九岁，不过已到开始担心生死之事的年纪了吗？终究是太早了些。

"那男人岂不是个个葫芦头，阎王爷小鬼儿的，都挤到一起，比谁的葫芦腰细？"

"不是那么回事，只论女人。要是有耳洞支撑，就不会变作葫芦头。"松莉说。

那边的工作人员也真够累的，还多了一道鉴别公母的程序，小珍没把这话说出口。她夸赞了松莉的梅花耳钉，又同她讲了点别的。葫芦头让她们亲近了许多，瞥见了彼此心上一些丝丝缕缕的纹理。

小珍想问她怎么突然回家来，从哪里回来。但多年不见，还是生分了，加上一些传言，她自知问这样的问题是失礼的。

"你日子好过吗？"松莉问她。这个问题比小珍想问的更唐突。

"好过,"小珍马上接过话来,没让问题掉在地上,甚至还坦然地笑了,"我都享受起当寡妇的日子了。"

以前,老林把车启动起来,小珍便开始售票。车上的人也都懂,暂寻个位子坐着休息的,这时候便下车去了。乘客停止讲话,纷纷转动身体开始寻找零钱,一阵窸窸窣窣的响动。也总有人有好运,在临近发车前几秒钟赶上他想坐的车。小珍拉开一个腰包,那是去泰山旅游时的纪念品,她在中间加缝了几片隔断,把钱按数值夹放在里面,一走路,硬币叮当响。总共也就二十三个村,早在上班第一天,小珍便记住了各个路段的票价。

早上,老林从车站把首班车开出来,替小珍把车票钱收好,到了谷花园,接上小珍,再把钱交给她,由她把计票板的正字补上。公司管理疏松,这样她就能多睡一会儿,不用大清早赶到县城跟车。下班也是一样,老林在镇上停车,小珍过了马路就到家。这个主意是老林出的,小珍很感激。别的路线上,搭档还算愉快的售票员和司机师傅也这么效仿,成了一个默认的习惯。

从小珍来时,这辆班车就已经足够破旧了,可它神奇地治好了小珍的晕动症。几年过去,小珍没有感觉车变得更糟糕。再朽坏能到什么程度呢，它还在路上跑，只要能跑，车轮便不会掉下来。玻璃花掉就重新配一块，没人理会油漆的剥落。倒是老林头顶的吊扇，有年天气太热，老林冒险让它工作了一天，末班车开到一半它掉下来，砸得老林满头是血，一边刹车一边骂人家奶奶。整车人倒是无碍。吊扇从车窗里磕出去，沿着路边的坡道滚了好远。老林和小珍下车，在养鸡场的草丛里找到了它。换了几个滑丝的螺母又装上了。

最近几年，小珍工作轻松多了。她只向不会使用手机的老年乘客收票费，年轻人一般都用手机支付了。车也换了电车，车载空调也有了，只不过车的速度慢下来了。路修过几次，平坦宽阔，偶有几个蛤蟆大的小坑，但规定车跑起来不能超过六十，三蹦子都能超他们。老林不满意，他说电看不见摸不着，连点汽油的味道都没有，电动车不是一个男人该开的车。不过，小珍喜欢新车，油亮的白漆透着新鲜与洁净，让车好像变成一只温顺的兔了。她等不到公司季度的常规清洗，看到坐垫和帘布有污迹就在下班时把它们拆下来，回家放到洗衣机里清洗，烘干机烘干，第二天上班时再套上。

"你费这劲干吗呢？自己家的水电不花钱？"老林抱怨，

他从不帮她干这项工作。

"我自己高兴啊。"小珍回答。

末了,她将烟盒藏在后座的椅套里面,候车时在卫生间里抽。她不喜欢当着别人的面吸烟。抽完扔坑里,冲走。西瓜味的爆珠,她只喜欢这一种。

多少也有点不舍。与老林在一起工作是安心的。几年前的夏天,一个暴晒的午后,半路上来一个大哥,给的五块钱贴了胶带。小珍不收,让他换一张。大哥的烂钱没花出去,心里憋闷,嘟嘟囔囔说小寡妇事情多。老林不顾被投诉的风险,把他赶了下去。那人不依不饶,大声叫嚣你就是个臭打工的,又不是老板!老林说,放你妈的屁!老子就是老板!你这种胡逼乱操的人,活该下脚量着进城!

车当然不是老林的,他就是个打工的。

小珍当趣事讲给同事们听,当然胡逼乱操那句她没讲。从此老林有了新绰号:林老板。连他们的老板也叫他林老板。

小珍了然于心,老林想把自己的儿子介绍给她。小珍无意,婉拒了。再怎么不济,也不至于与一个因为打老婆离婚的人在一起过日子。老林那边可能猜测,需要张罗两个孙儿才是主要原因,站在小珍角度想,实在不划算。他好像并没有放弃,临走了还要提一提。

这天下午,老林给小珍买了个菜煎饼,知道小珍爱吃麻辣口,特意嘱咐加了花椒油炒。吃吧吃吧,最后一顿了。老林开玩笑说,回头我找人给你俩算算,看看合不合适。小珍没接这茬,挖苦他说,我还以为你多大方,就打发我吃这?日后发达了,你铁定记不起咱难兄难弟了。

没过几天,理发店门前真来了个算命的,不过老林没见着。黄雀叼签算卦。说出年龄,黄雀出笼,一点不怕人,从卦纸上吧嗒吧嗒走几步,精准地从一排卦签中叼出对应属相的签帖。签帖里都有一首押韵的诗。其实不算诗,是一些顺口溜类的东西。山水林木,花鸟虫鱼,大有解读的余地。

小珍也来凑热闹看鸟。理发店老板告诉她,你妈上午来给你算了一卦。小珍问花了多少钱,他说四十块。

说你是个长命的人,可能活一百岁,寿路看不到尽头,只能保证九十六岁还可以出门打醋。还说感情婚姻多波折,不怎么顺利,现在看起来,已经遭遇了。算得神吧。还有一句叮嘱,近前有安逸可贪图,勿要过分警惕。

这只雀儿。他伸手指最外面的鸟笼。它给你叼的签。

小珍笑起来,我九十六哪还用出门打醋?那时候服到家了，像接水一样，开这个龙头是酱油，开那个龙头是醋。小珍伸手逗那只黄雀，它歪头审慎地盯紧了她。

来给自己看婚姻的，肯定是妈妈，不是婆婆了。

十二岁的时候，小珍妈妈也带她去算卦，算她能不能考上大学。那人怎么说呢，多少可能差一点，要是考上了就是命好，可以补卦抬一抬。一抬花了两百，小珍喝了一杯黄水，配方简单得很，就是画着符的黄纸烧成灰泡热水，味道让她想到过年。

婆婆是个退休的医生，做了几十年的心电图。四年前，她主动提出搬到小姑家住。虽然都在镇上，但一年也见不了几次。小和去世后，婆婆希望小珍把现在住的房子卖掉，平分所得。小珍同她商量，明确提出自己的想法：不打算回家，更不想卖房，如果需要钱，她可以给。婆婆就此作罢。小珍付出代价才获得一座空房子。没有人回家，当然要珍惜。她在家里想干吗便干吗。

小珍听说过，这把戏里的小鸟叼签是被谷粒训练的条件反射。等待半天，无人算卦，倒是从冬青带里钻出一条快活的泰迪。算命先生甩帽子驱赶它，泰迪反而从他的胯下闪回，跳到鸟笼边。黄雀偏了下脑袋，转眼间便被吓飞了，隐约看见落在梧桐枝上。先生站在树下叫远，黄雀不应，学灰喜鹊叫了几声，朝仰头的人群拉下几坨粪便，飞到对面影楼楼顶上去了，大家看不见它有没有飞走。

天光早已慢慢阴沉下去，一切带着宿命的色彩变得逐渐灰暗。就是那样一个过分平静普通的傍晚，一辆崭新的救护车驶过，横穿谷花园的主街。没过多久，那辆车又开过来，向着县城的方向远去。那时候，算命先生没有关注到一个附近的人将要面临的风险，他跟帮忙的人一样，只想把鸟捉回来。

车上的病人是松莉，她在医院待了两天。

小珍本以为她要么会直接死在医院，要么被医治好了回家来。两天里，她照常上班，每日去松莉家门口看看，推推紧闭的大门。好或不好的消息开始伴随猜测扭曲滋长，在她看来那些都毫不准确。

比如说，有人声称她得了严重的恶性肿瘤，长在胃上，天天呕血，人比竹竿还瘦。还有人听说她欠了高额外债。最夸张的是，她在吸毒的事绘声绘色地流传开来。

"鸟活够了还一头撞死呢，"毛裤在喂他的鸽子，"兴许没什么多大的事儿，她就是不想活了。活够了。"小珍认为他说的有一些道理，但仔细琢磨起来又是一句废话。

有山有谷　105

"她喝的那瓶，是你家卖的吗？"小珍问。

"好几年前的药了据说。别老跟我扯上关系啊。卖这个是乡亲们需要，别的除草剂都没它管用，只有百草枯，喷上没多大会儿，太阳一晒，全死了，省了多少人力。别只看见它毒，早几年它也为粮食增产出过不少力。"毛裤家临街开店卖农药、农具和化肥，夏天也贩水果。到季，他身上会长出一股烂桃子的味道。

"你闻过吗，是什么味儿？"小珍问他。

"你不要再想了。对你不好。"毛裤把院子里的鸟粪清理干净，将一袋排骨从冰箱里取出扔在盆子里化冻，问小珍加藕块、土豆还是山药，小珍说加白菜。

"之前是臭的，加了臭味剂、催吐剂，让人有想法的时候少喝点，起到保护作用。这几年不让用了，大厂不敢再生产，小作坊哪管你，商标也不贴，为了省钱什么都不加了，喝下去就是纯药，无添加。"

"喝多少会死？"小珍从台阶上站起来。

"两口吧。"毛裤说。

那晚，小珍洗了澡，坐在沙发上擦头发。擦到半干，捏着耳垂里谷粒般大小的通道，又记起松莉葫芦头的说法，她早就开始做准备了吗？隔壁什么声音都没有，她想着想着哭起来，头发上也有水珠滴下，把前襟都打湿了。

以前，小珍早上去上学，每每看到学校的老师和学生围在树下谈论。学校门口的两棵杨树上，三番两次被挂上五彩的宣传布条。不是在低处的树枝间，而是在顶端的树尖儿上。她隐隐知道一些事情，在她的推测里，松莉白天嘻嘻哈哈，夜里噌噌噌上树去挂布条，可能还会戴上面具。

那时候老师在课堂上讲一些乱七八糟的应用题。李华走路，李刚跑步，李刚见到李华就折返，再见李华再折返；两根水管往水池里注水，一根水管往外排水，要你计算水池注满的时间。这些事情让她大费周章也没搞清楚，鸡兔同笼的题里经常算出带小数点的动物只数。然而她喜欢美术课，做手工，办各种节日的手抄报。小珍有双灵巧的手，她教同学们怎么得到两只对称的鸽子。首先，在一张纸上用铅笔画一只鸽子，然后把纸对折，用指甲在背面刮一刮，再把纸张打开，将不清晰的铅笔印儿描画一遍，添上橄榄枝，两只鸽子就脸对脸了。像小龙女那样一手画圆一手画方，她偷偷练习过，也能做得来。

所以，当松莉教她玩手指游戏时，她很快便学会了。

"来，让我看看你是不是个聪明的孩子。"松莉说。

她伸出双手给小珍演示。小珍看到，她的手很不一样，指节纤细，手指伸直，指尖是往上翘起的，指甲是一个个饱满的长椭圆形。五指并拢。中指和无名指分开，这是谷。中指与无名指并拢，小指与无名指分开，食指与中指分开，这是山。小珍根据松莉的指令做动作。有山。有谷。一山一谷。这个游戏就叫作"一山一谷"。

之后的很长时间，小珍总在洗完手时练习，她的指头有节奏地在裤缝两侧开合。终于，在松莉再来家里时，把她打败了。

小珍琢磨过，松莉的频繁到访应该不是串门那么简单。虽然松莉的母亲家离小珍家不远，但她每次来，一定会从谷花园镇上的家里带东西来。不锈钢洗菜盆，一两捆绣花线，一棵芍药花母根，还送过小珍一副布头做的白色印花套袖。最多的还是碟片和书。那些不需要的东西，小珍的母亲客客气气地收下，等她走了再另作处理。比如说，烧掉，或者把书页撕下来擦灶台上的油脂，然后烧掉。母亲也有去找松莉的时候，她提着毛线和织针去松莉家里，让她教自己给毛衣收针；要是去集市，她会将自行车停放在松莉家的院子里，以免被盗贼盯上。

"你不要在那儿喝水呀，"母亲对小珍说，"她家里，炒锅和碟子都是羊舔干净的。"

在农忙的时候，松莉是受欢迎的。她是热心的，母亲希望她帮忙，但不会主动提出。松莉一般连询问意见都省去了，她直接开始投入其中，做活认真又爽利。把玉米叶剥开，捋顺到屁股上，多余的叶片拽下来撕掉，一排一排放好。六根玉米像编辫子一样被绑到一起，搭在晾衣竿上。母亲把它们一层一层挂到阳光好的地方晒干储存。傍晚时，小珍晾晒的袜子没有及时收走。第二天穿上，感觉脚底有什么东西在蠕动。脱下来倒一倒，从袜筒里滚出三四条玉米里的白色肉虫。从此，她只要看到环节状的肉虫就浑身过电一般。

"你女儿多聪明，她会让你们过上好日子的。"松莉一般从表扬小珍开始话题。

"我是为你们好哦，"她的语气诚恳又焦急，"世界有末日！"

"可是我没空啊，我还得接着生孩子。你说的祷告这些我也记不住，你看，我只是听一听、想一想就会偏头痛。"小珍不止一次听过母亲拒绝她，她甚至做作地表现出想为而不可为的痛苦表情。"我不像你。我没有那个天赋。"她遗憾地说。

碟片实在太多了，小珍偷藏起来一盒，等父母不在的时候拿出来放。封面是一张文艺会演的造型图，演员们有男有女，穿着天蓝的绸质服装，扎着腰带，学京剧里吊着眉毛。放在影碟机里，没有什么小珍想的天地会，跟陈近南和反清复明也毫无关系。甚至没有剧情和故事，就是一段一段的文艺会演。除几个杂技节目有意思些外，其余冗长又无聊。单元的题目字体粗大，红色描边，歌颂生活美好、人民勤劳，还会插入一些自然风光的视频，金银花、蜜蜂、野梨树和湖。

"不是天地会，是万全神。她想让我们也信万全神，当教徒，消灾避祸进天堂，"小珍的母亲对父亲说，"听说，他们会在山上的房子里跳脱衣舞，每星期三的早上。"

母亲说的那些房子是废旧别墅，有欧式的柱子和窗户，矿场转型做旅游后建的。共有十几幢，倒塌了一些，砖头被人偷偷拉走盖房子，其余的也无人居住了。断壁残垣，荒草萋萋。没有孩子敢独自去那里，流浪汉和狗会吓死他们的，小珍听同学们讲。

做手指游戏时，小珍还是有些惧怕松莉的。老师警告他们，不要跟陌生人讲话。甚至有人传言出现一种新药物，坏人只要在后脑勺拍一拍，小孩子就会变傻，一句话不说，迷迷糊糊地跟别人走，连呼救都会忘记。新闻报道，万全神为了惩罚叛教的教徒，杀害了教徒的儿子，并在他的脚心做了闪电的标记。

松莉应该不算陌生人了。不过，她的说法很奇怪，宣传资料上还有错别字和病句。这不应该，小珍认为，神不会出错。

"是你们挂的布条吗？怎么能挂那么高？"有的问题不好问出口，可小珍实在太好奇了。

"不是，我跟他们不一派。他们是邪教，见不得人。只能晚上偷偷宣传。我们不一样，我们光明正大。"松莉说。

确实有几次，小珍在上学路上见过松莉，也见过她丈夫，但是两人没有同时出现过。她或他骑着一辆有横梁的自行车，匆匆往镇的反方向去。松莉的儿子李颜亮跟别的男孩儿一样，下课会在操场上挖的弹道里打玻璃球，他头上有一个硬币大小的地方不长头发。有一学期，他和小珍做过同桌。松莉还有一个女儿，和她长得不像，黑胖的身材和红色的头发让她看上去结实能干、巧舌如簧。那时，她已经结婚，在镇上的分公司卖保险。

"是有人上当的，她们母女相互帮衬，一个劝人入伙，一个劝人花钱。入伙了会劝花钱，花钱了会劝入伙，都是嘴皮子上的功夫。地都荒了,她们明年吃屎吗?"母亲抱怨道。松莉坐起来不走耽误了她睡午觉。起初,母亲用热水沏茶,偶尔看见碗里有竖立悬浮的茶叶,都说是有客要来的征兆。后来,再有类似的情况,她会果断把那根不同寻常的茶叶用筷子挑出来,或者等茶凉了,猛吸一口咬住它,吐掉。

小珍从《西游记》里得到灵感,画了菩萨,但是拿玉净瓶的手怎么都画不好。松莉正端着一杯茉莉花茶同母亲讲话,小珍比照她的手画了出来。就是那样的,菩萨的手就该是松莉那样柔软、温热、灵活的手,这才符合她的心肠。

"你画错了,"松莉临走时指着小珍的手抄报,为她纠正错误,"菩萨是个男人。"

没有留下遗书吗?毛裤问小珍。没有。小珍回答。欠条之类的呢?没有,什么都没有。那最后一句话,记不记得,说过什么?问了我一个问题。什么问题?他问我,洗衣机洗完衣服有几声提示音。你答对了吗?错了,我说有五声,有六声其实。

谷花园的人没有更多的死法。年纪到了,老死、病死是常见，好好的突然头抢地，或者睡梦里死了那叫修来的福分，自己享福，儿女也享福。溺死在水库里、被车撞、上吊的也都有，这几年喝农药的死过四个，喝了就没救回来。松莉要是能活过来，这个数字便不会增加了。被杀害的有两个，一个是谷花园考出去的医学博士，在郑州的医院里被病人家属用刀具捅死了，一个是小珍的丈夫。前者并不神秘，后者凶手一直找不到，死得不明不白。

小珍与小和结婚时才二十一岁。他在外工作了几年回来，连续考编制一直不成功，在他母亲的帮助下去镇派出所做聘任会计。后来，因为与单位的人性格不合辞职，租用附近的一个学校旧址来养猪。

那所学校在上世纪七十年代修建，供一所小学师生使用。九十年代，另一所新学校建成后，两所小学合并。后来，这里被买下，翻修一次，当过果汁厂的职工宿舍。几年过去，住过几户人家，直到被小和租用。窗台以下是褐色和白色的小马赛克瓷砖，以上的墙面刷了水泥，装饰有苹果绿的碎玻璃和同样大小的灰白石子。中间三个房间是猪栏，窗户被小和用加厚塑料膜封住保温，中午打开给猪透气。猪栏西边的房间相对干燥，玻璃完整，没有老鼠和蟑螂，用来存放饲料，豆饼，盐，注射器，治疗痢疾的药

有山有谷

物，杀菌的熟石灰，铁锹、扳手、水桶、高压水枪等工具。东边的几个房间里，堆放着废弃的木课桌、凳子和焊接的粗糙双层床。小和在之前的传达室睡觉，水蓝色的油漆轻微脱落，空白的地方有孩子用粉笔涂的花朵和皇冠。

自来水管在院子的东北角，那儿有一棵桑葚树，掉落的果实将地面染成紫黑色，树下几丛紫色和白色的重瓣丁香靠着院墙向南伸展。夏天有一阵儿太阳晒不到，渗水的地面和潮湿的矮墙长一些苔藓和点地梅。围墙是用红砖砌的，完整结实。院子空旷有回声，小珍和小和在那里打过羽毛球。晚上，如果把屋檐下的灯打开，可以在很远的地方看见光。

有猪的时候，小和夜里住在养猪场。

一个冬天的早上，小珍没班，去给小和送早饭，发现他倒在院子的水管旁边。

医生判定，人已经死亡。警察和法医进行了勘查和检验。好多人都来了，他们看见了尸体，结冰的血液和泡沫，翻卷在地的被褥，大开的铁门，还有洗劫一空的猪栏。被切断的狼狗绳子暴露在惨白的阳光下。

关于气温变化，小珍预估错了。院子里站满人的时候，雪和冰开始融化，屋檐的冰凌开始摔落在地上，碎裂、浸泡，汇成一汪一汪的水，到处滴滴答答。

没有指纹，没有凶器，也没有车辙印记。院子里除了一些蹄印和粪便，有另一个男人不太清晰的脚印。所有人都参与到臆测中，他们激动又尽量周全地推理。嫌疑人是小偷。一个深夜行盗之人。那时谷花园镇经常有小偷出没，偷鸡，药狗，拆墙赶猪赶羊。但他是个谨慎的罪犯，这么多年，没有留下别的证据，他们没有抓住他。

小珍从养猪场出来，见到的第一个人，就是毛裤。

关于几年后她会和毛裤好，两人的观点不一致。小珍认为毛裤在一些重要时刻发散的灵光打动了她，不过并不是所有方面她都爱。毛裤不信，他觉得每个女孩儿都会爱他。有时，一些姑娘让他劳神费力，他只好通过装作不懂来消退那些浓烈的热情。

小珍家里四处都有毛裤的东西。厨房里放着陶瓷砂锅、黄桃罐头、麻椒、香叶、二荆条；床头柜上有于表、一个蚂蚱设计的巨大指甲剪、多潘立酮和杀灭幽门螺旋杆菌的四联用药；餐桌边摆着牙线，总有一根放在盖子上，不知道是干净的，还是用过的；院儿里扔着剃须泡沫的空瓶子，屋檐上的雨滴啪嗒啪嗒打在瓶上的夜晚，小珍会格外想他。

有山有谷

还有干煸辣肉丝,毛裤用它拌饭。他只买那一个牌子,陶碧华,就那个好吃。是陶华碧,小珍纠正他。争得面红耳赤,最后打赌,毛裤输了三百块。

这几年,毛裤和朋友开了一家小婚庆公司。街道上几家婚庆接连干起来后,生意变得冷淡。他有一间办公室,门上挂了一幅《莫生气》。以前,小珍觉着这个《莫生气》好无厘头,全是废话,强行押韵,简直搞笑。毛裤把它挂在那里,似不是因为信奉,倒像是用来自嘲。卖票的几年里,小珍越来越觉得那是真理。桌上的电话机声音过大,毛裤一般把它塞在抽屉里。小珍在扬声器的蜂窝孔那儿贴了一块胶带,声音轻柔了不少,依旧摆它在茶几上。那里有套毛裤喝茶的用具,还有一只木头棕熊。

毛裤嘴上热闹,好多人喜欢他,跟他在一块儿,只是听他逗趣就容易高兴起来,对他产生信任。一般,他会主持婚礼,别的时间也帮忙干杂活,顺带出售增添气氛的地爆球、礼炮、喜糖和装饰用品,出租婚纱西服和充气拱门,还有假花,毛裤挑了几枝蓝色绣球和香雪兰插在小珍家的花瓶里。

在婚庆公司之前,毛裤开小货车去各处换煤气罐。那时他弄来一个手持喇叭,固定在车顶。大河向东流哇,天上的星星参北斗哇,哎嗨哎嗨参北斗哇,生死之交一碗酒哇。来回播放。小珍问过他,怎么不换一换,老是那一个,听乏了。毛裤说,换了才是个傻,你有我有全都有,不是这个,换煤气的标志就被破坏了。人家还以为你是卖小鸡、换豆腐的。

在这一点上,小和与毛裤不一样,他讨厌重复。如果同样的事情叮嘱两遍,小和就会烦躁不安。他时不时走路有点跛,因为他的趾甲总是修剪得过分苛刻,经常长到肉里。一些事情小珍不可能会忘,她经常思考它们之所以发生的缘由。前几次,小珍的下体发出过一声古怪又尴尬的声响。你真算个离奇的人,做这事儿还会放屁。小和下了床。直到后来,她才明白那个声响是怎么回事,阴道排气嘛。等她能解释清楚时,小和已经死了。

他们为什么叫你毛裤?小珍好奇地问过。他经常不穿袜子,直接套上鞋就走,边走路边嚼口香糖,给人恍惚又随意的感觉。一米儿多,衣服虽不廉价可没有一件合体的,裤子总短一截,显得不正经。衣裳覆盖着扛煤气罐积累起来的结实肌肉,以及浓密的腿毛——那是诨名的来源。他对小镇的圆滑世故了然于胸,在谷花园如鱼得水。

没过多久,小珍就察觉到毛裤说话简短,但切中要害,

有山有谷　　117

言语中不会特别推崇谁,也不表露对一些不讨人喜欢的人的厌恶。他保持理性又时刻警觉,献殷勤也是礼貌性地适可而止,让人产生亲近感,让人认定那些顿觉舒爽的机灵对话是他努力完成的,然而他却表现得漫不经心。他不会认真,他觉得都行。

近前有安逸可贪图,勿要过分警惕。小珍回想这听上去意味深长的话。不过,结婚是困难的。毛裤的家人并不待见小珍,明面上不闻不问,暗地里肯定说过不少难听的话。关于毛裤想不想跟她通过一个仪式或者一张证书捆绑在一起,小珍拿不准,也没问过。经过小和的事情,她以为自己的人生不会像别的女人一样循规蹈矩了。她不愿意听从别人的建议了,她想尽量自在一点。

那天早晨,天气没有特别寒冷。第一班车一般七点半到达,小珍由此养成了习惯,她很早就起床。洗了脸,涂了面霜。将刚买回来的热豆花倒进保温饭盒的最底层。打开煤气,煮了鸡蛋。接着,在煎馒头片上抹了一些辣椒酱。把它们一层一层放入饭盒。才八点一刻,她不饿,准备回来再吃早饭。因为要出门,她把头发放了下来,让脖子不至于太冷。最后,还戴了一顶粗毛线织的棉帽。

林间空地里，落叶浮着一层薄霜，脆弱、湿冷。脚轻轻一踩，便修改了它们的形态。

不像电视里演的那样，她看到眼前的一幕时，没有扔掉手里的饭盒，反而紧紧抓住了它的塑料把手。能做的似乎只剩那么一个动作。随后，小珍想快速找到一个人。

那个时间，婆婆在医务室给学生体检，小姑在超市整理货架。小珍没有带手机，她出了大门，沿坡道往家的方向走。下坡时，她的鞋底仿佛变得僵硬，滞涩地摩擦地面与尘土，风声被她的肩膀推向身后。她或许早就冷静下来了，知道小和已死透，不存在抢救的麻烦了。

为了将这个不幸的消息早点宣布，小珍抄了近道，她从铁丝栅栏的破洞处钻了进去，沿着坚硬的田垄走。麦苗离返青还早，一眼望去，是片古旧的暗绿色。有一只鸡从草絮中跑出来，警觉地盯着小珍和她的脚下，那里有它积攒的两颗白晃晃的蛋。阴凉很快穿透了她的大衣，大衣里面只有一件宝蓝色套头毛衣。从杨树林里绕过去时，她才感觉到冷，于是迟钝的，胳膊止不住发抖。不过她认为是冷空气的作用，只要再披上一件外套，她确信自己能够恢复。

终于到了河边，她踏到冰上，感受到冰层下水隐秘的流动和冲击。这让她节省了比走桥少几分钟的时间。她尽量不跑，以免双腿把脚步剪得凌乱破碎。

一辆银灰色的小货车停在路边，车身有几处鸟的粪便，轮胎沾着新鲜的泥水，车上立着那些静默的煤气罐。车顶的喇叭在播放"一路看天不低头"，让这份求助过于正式。

驾驶室狭小灰暗，随着车的启动，饭盒里的液体翻涌激荡。小珍猜想，顶层的馒头或许已经逐渐浸水软糯。她管不了那么多了，将头放在了靠枕上。窗户的缝隙里吹进来责备的风。他蜷曲的腿、局促的膝盖无处安放，开车的动作也不那么自然，仿佛还在为被撞见背对马路撒尿而尴尬。

下车后，他们来到小和身边。他没有太多变化。阳光比刚才强烈，他的脸更白了一些。院子里稍微起了一丝风。一张纸板被饲料封口棉绳系着，悬挂在铁钉上，随风击打廊柱。上面用粗重的马克笔写着：不许看猪。它被用来阻断人的鞋底上可能携带的猪瘟病毒。

小珍的眼睛时不时瞥过那个洞口。在他脖子的侧面上，是一个洞，血就是从那里流出来的。血迹表层结了薄冰，虽没有融化的迹象，但极不可靠。他绕尸体走了一圈，头顶漂浮着白色气体。小珍听见他因为紧张和过度思考带来的深呼吸。他从兜里摸出一块口香糖，剥掉糖纸，放在嘴里嚼，糖纸掉到地上又被他弯腰捡了起来。随后，他将口袋里一副扛煤气罐用的白色手套掏出来，走上前去，轻轻盖住了它——那个洞。

手套上有几条灰色污迹和褶皱，可它明显是新的，好像给他裹了一条宽松的围巾。纯棉的手指聚集在一起，按摩着重创的脖颈。小和似乎变得安详起来，他的眉毛和眼眶柔和了许多，下颌骨也不那么冷酷而尖刻了。就连从母亲那里继承来的咄咄逼人都开始缓慢消散。他看上去不再软弱，而是难得异常坚决地躺在地上。

"我可能要去外面，接应一下。"毛裤说。救护车和警车都还没有到。他走了两步转回头问她："你自己可以吗？"

小珍点头，说我可以。

几天前，下了一场雪，小珍爬上木梯，站到房顶上。煤烟掺杂雪花的味道弥散在冷冽的空气里，她跃跃欲试。一串猫脚印引路，她跨过廊道，踩卜绵密的积雪。

院子里空寂无声，没有扫雪的痕迹。从烟囱看，炉子也没有工作，一幅冷锅冷灶的景象。石榴树多年无人修剪，枝条摩擦瓦片上的雪。夏天的纱门还没有拆下来，纱网边

有山有谷

角有老鼠咬开的洞。那是一种老式纱门。小珍还没读小学时，经常趁大人不注意，脚踩在纱门的木框上，抓住把手，身体贴上去，用脚蹬开，再等弹簧慢悠悠把她和门弹回来。玻璃内侧看不出凝结的雾气，小珍分辨不了松莉在哪间屋子生活。

她是被医院赶回来的，这里的意味是明确的，死亡随时可能降临。她的丈夫，儿子，之前卖保险、后来与一个投机分子私奔的女儿，都还没有回到家里来。一众亲戚反复盘问病人，其他家人去了哪里、联系方式、和谁在一块儿。松莉要么回答不知道，要么沉默。

可是音信全无呀。亲戚们抱怨说。

一开始，有人在省城见过松莉和她的丈夫、儿子，他们在纯净水公司的水站送水，住在一个工地边临时搭建的棚屋里，电器坏掉时，做饭只能在外面生火。她与丈夫依旧为万全神传教，还是早已更换山头，别人不得而知了。后来，他们分开。松莉去过食品加工厂、板厂，还在一家疗养院里做过护工；李颜亮到广州或东莞倒卖手机；松莉的丈夫则不知所终，更多的说法是他参与到传销组织中，脱身不得。有一年，松莉独自回来过年，没过几天又匆匆离去。

一周后，母亲与小珍通视频，让小珍到家里取灶君像，她买了两张。得知松莉还活着，母亲面露愧疚之色，真心地祈祷她少遭罪，早日死去。对不可更改的结局急不可耐，这在小珍看来，实在残忍。闹闹哄哄几天后，院子里清净下来。亲戚本不多。女婿带来两个不满十岁的孩子。松莉曾经对他建议说，你要不要掏掏我的肚子，看看她在不在里面。他极力掩饰焦躁，熟练精明地给其他亲戚散烟点火，叮嘱他们，如果他老婆回来，一定要通知他，他会马上来找她。其间，两个侄子也为此次入院的费用分摊问题生了龃龉，不理会对方了。估计只有等丧礼的时候才会勉强出场，一起解决掉这个共同的麻烦。来来往往的，只有松莉的一个外甥女小易，每日来给她送些吃的。

冬至日后，天开始变长，阳光伸进房间的脚在一步一步退出，从茶几到柜子。一日，小珍下班后开始煮饭。大门上铁环疏疏朗朗响了几声，有人来家。是小易。她很害羞，说感到不好意思，然后问小珍能否借她两个鸡蛋，给病人。病人说想吃个炖鸡蛋。小易的家不在镇上，每顿饭都是她在家里做好了带过来。

只找到一口平底煎锅，锅边粘着黑色的油脂。松莉不像母亲那样好好刷锅。母亲煎完鸡蛋都会让小珍拿馒头去把油擦干净，鸡蛋的腥味掺杂在没融化的盐粒里，还没进嘴，就弥散着一股血糊糊的铁锈味。小珍打开家里的蒸蛋器，它用几十毫升水就可以把蛋羹蒸熟。此时，小易坐在台阶上剥一棵干掉的小葱，里面的葱芯是完好的。

"想吃什么我尽量满足她。蛋羹倒是容易，草莓是真的买不到。"小易说，"也不明白她是真的不知道，还是不愿意告诉我们。他们在哪儿，一点线索都没有。"

在金黄而光滑的蛋羹表面，小珍倒了一勺生抽，滴了几滴香油。为了保温，小珍把蒸蛋器一起送过去。

前厦的地板上有一层细密的尘土，隐约踏着几个纹路浅显的脚印。靠近窗户的地方，堆着紧急买来的十几棵白菜，晶莹的菜帮上沾着冰凌和泥。在白菜的旁边，还有一些菜花、一袋姜，墙壁的木杆上挂着冻猪肉。猪肉片炖白菜，冬天的乡镇丧礼都有这道菜。甚至，连当天换馒头的大半袋麦子都准备好了。木板上放着几斤瓜子和炒花生。所有的东西，都在等待派上用场。

茶壶里还有半壶水，小珍倒了一杯，是玫瑰茶的香气，不过喝起来有些返潮方便面的味道。

"别喝那个。"病人开口说话，语气平和而不容置疑。房间内似乎有张尖利的纸划过。从医院回来，小珍第一次见到她。

"在那里，你自己拿，一个蓝色的铁盒，里面是我春天炒的苦菜茶。你尝尝。"她抬起手，指着高低柜上的茶盘盖布，"你知道苦菜吗？就是开小黄花的那种，不是蒲公英。"她的口腔黏膜和咽喉部溃疡糜烂，虽然是一碗完美的蛋羹，但她吃得特别缓慢。表面看，松莉却不像快要死去的样子。她只是些许喘不过气来，精神挺好，貌似只是得了一场重度感冒。小珍明了，即使现在感到后悔，也不可逆转了。她已经在她不知道的具体时刻，遭受了极度痛苦与折磨。

以前，松莉在家时，夏天总在围墙边种几棵丝瓜，插竹引蔓，朵朵肥胖忠厚的黄花，接着果实就长起来，垂隐于掌状的水绿叶片中。夏末，茎枝弯弯绕绕，攀缘到小珍家的屋顶，嫩须卷曲，惊奇又傲慢。吊瓜没几天就长到酒瓶那么粗。老了不便再吃，松莉也不要了，小珍摘下来，剥除皮肉，留干净的瓜络，刷碗。此时，那些粗糙失水的纤维让她想到她的肺。

医生来过了，昨天她呕吐一次，但缓过来了。这几天看着还好，所以我一会儿要回家，还有小孩子要照顾。可能一会儿会有别的亲戚过来，也说不好。小易讪讪地说。我在这里再待一会儿，蒸蛋器不用着急还回去，或许她还

有山有谷　125

想吃。小珍叮嘱她。

第二日，小珍培训了一天，回来实在太累，她没打算再去看望松莉。毛裤没来，小珍在沙发上睡醒一觉，才九点钟。她将两个靠垫拿过来枕在头下，开始刷手机视频。近一两年，班车上乘客们因为公放声音吵过不少架。父母也赶上潮流换了智能手机，每晚临睡前，俩人统一靠在床头，目不斜视，一人握一机，看小视频，双胞胎一样，让她想到小时候手抄报上的两只鸽子。趁年货节，小珍先买了一双棉靴，才开始看微信里的消息。她看见了那条视频，小珍的表弟发在家人群里的。

是松莉。才过去一天，她竟完全变了样子。脸上是恐怖的青色和紫色淤青，右边额头有一个板栗大小的鼓包，头发在满是旧被子的床上蹭得凌乱不堪。小珍还记得，昨天屋内温暖干燥，松莉的脸细腻红润，比平常看去还要健康几分。然而现在她躺在床上，头拧转回来，冷漠地直视镜头，喉咙里发出呼噜呼噜的声音。视频配文里解释了缘由，昨晚她疼痛难忍到以头撞墙，在地上翻滚。最后，那些古怪的绿色文字兴奋地跳出来：谷花园何松莉的家人！快快回家！转发扩散此条视频！帮帮这个可怜的女人！

第三日，视频出现在小珍所在的各个群聊当中，点赞转发已达十几万。连班车上的中学生也在谈论这件事。一天下来，视频里那段惊心动魄的配乐，她被迫听了数十次。

午后开始扬尘，小珍去了四家超市才买到草莓罐头。她不满意瓶中草莓的颜色，看着毫无新鲜水果的诱惑，淡红的糖水也让人联想到枯萎、腐烂和窒息。她送过来时，家里没有别人。当然，也没有任何人回来。

房间里便溺的气息让她忍不住想象一只濒死的牲畜，那会发生什么呢？要是天气炎热，动物会帮助她的。苍蝇，它们会精准判断死亡的气息，贪婪地爬行在猎物的身上，在黏膜、体液或者皮肤破溃的地方，开始精雕细琢的大活儿。角度合适的话，它们的身上会反射轻微的阳光，那会使她记起眼影盘上的珠光闪片。还有蚂蚁，它们需要丰富的蛋白质。这些小东西会极富耐心地分解身体组织，一点一点镂空庞然大物。

几年前，姑姑去世，小珍去给遗体磕头，磨蹭得太久，亲戚们手忙脚乱抬遗体了她才到。赶走一只苍蝇，在大家的脚踝中跪下来。等她缓过神儿来，后退几步，看到了那块铁皮的全貌，像一张逼仄的单人床那么大，两边有粗粝的把手。对的，是抬尸架。姑姑的头被安放在她膝盖接触的地方。那里，被无数具尸体的后脑勺摩擦。一切结束后，那只苍蝇又从众多的裤脚里落回原处。

然而，现在是冬天，一无所有。她只能靠直觉来辨认她的生命走到哪一步了。她换了一件麻灰色的毛衣，脸肿胀不安。她平稳地呼吸，并没有被小珍吵醒。

屋里的白炽灯散发阴沉的冷光，沙发上盖着多年前流行的橘白花纹沙发巾。没有遮盖的地方，露出叶片大小、边界清晰的污迹。旁边的小桌上放着柠檬味的芳香剂、空碗和汤匙、一次性手套、漱口的生理盐水和红色暖水袋。床单的褶皱是一个水杯的形状，底下露出她的脚，没有穿袜子。小珍喜欢观察人的脚，这个器官带给她新鲜的错位感，那些奇形怪状、别别扭扭、陌生又没出任何差错的脚趾，与熟识的脸需要建立对应关系，那带给她全新的感受。

"你为什么偷我的钱？"松莉睁开眼睛。她或许没有睡着。

小珍望着她凸出的眼球。病人可能已经出现谵妄，她的心一阵狂跳。

"没有啊，我怎么会偷你的钱呢。"

"你偷了，钱没有了。一万块。在那个茶叶盒子里。"她说话声音清清楚楚，胸腔里唰啦唰啦的声响，加重了她的控诉和质疑。

"我真的没偷。"小珍担心自己会不会惹上麻烦,"那里面全是茶叶,没有钱。"

松莉笑了,她的嘴角苦涩地向下抿着。

"你上当了。哈。你是不是不打嗝了?"小珍呼出一口长长的气息,她的背部松弛下来。打嗝止于惊吓。以前,母亲喜欢使用这幼稚的一招儿,不过总没效果。对松莉的帮助,小珍甚至有一点感动。

一直以来,母亲只在需要松莉时才对她说几句好话。在别人那里,她也好不到哪儿去。可她奇怪的穿衣搭配、刺眼的红色雨靴、神秘又煞有介事的神情和语气、笨拙的热情与玩笑,让小珍获得了奇妙的轻松。她不会轻易教人失望,总是鼓励别人再义无反顾 点,放心地吸取她的能量和活力。允许犯错,而后迅速修复。和她一比,你就觉得安全、平静。

"为什么让人拍了你的视频夫?现在你是这儿的名人了,你火了知道吗?"

"无论是谁,就是对着我的鼻子放屁我也反抗不了了。"

房间似有昆虫的脚隐秘爬行,虚弱让她更显寒酸。小珍记起去年,除夕晚上,谷花园群里有人发红包,在一片混乱的感谢、恭维和鼓动中,松莉也发了一个。没过几分钟,她在群里陈述自己刚才想发五块,把小数点搞错了,发成了五十,并@抢她红包的人要他们归还。有一人未曾理她,她在群里连发几条语音破口大骂,最后把钱要了回来。

"你想不想尝尝草莓罐头?"

"不想,从来都不喜欢吃草莓。"松莉回答,"我儿子喜欢吃,春天他在花盆里种草莓,真的会结,但都是酸的。鸡跳上去,一啄一个准儿。"

小珍第一次从家里步行到谷花园是在小学的时候,与一群小孩儿一起,走了三公里路。他们要去松莉的儿子李颜亮家。为了解暑,他煮了一锅沸腾的绿豆汤,并为大家传授如何不让汤氧化变红,而是始终保持翠绿色。太阳快落山时,有人提议再不回家就要天黑了。李颜亮把大门锁了起来。请你们再玩五分钟。他乞求道。有一年,公路扩建,小珍在梧桐树下候车时,见到他正提着油漆桶沿街在墙上写"拆"字,写完再用一个圆圈圈起来。河面结冰,他却只穿了一件卫衣,并把卫衣上的帽子戴在头上,前额露出染过的金黄头发。

她不知道他,他的姐姐和父亲,是否看到那个视频。

是有挺大概率看到的,不知道他们藏在哪个群里。即使没有这样的通告,总有相熟的人会把这个绝望的消息告诉他们。

"我这样子吓到你了吧?"松莉问。

"其实还好。我见过比这更吓人的,你忘了?"小珍原想让她也放松一下,但没有奏效。

"你婆婆不是个好对付的人,可突然没了儿子她也真心难受吧。不像我,死了也就死了。"松莉说。

小珍本想鼓励她。他们或许正在赶回家的路上,然而她不想破坏她们之间刚刚建立的信赖,去编造显而易见的谎话欺骗她。毕竟,她第一次进门的时候,松莉就知道她不是来看热闹的。

"你现在还害怕他吗?"松莉问。

一开始是怕的,噩梦不断。她抱着他温热的头颅四处找不到人;他捂着流血的脖子来问她要个塞子;她困在一个关了大门的院子里,被一群流着眼泪的小孩儿追。

"你有没有想过,你丈夫可能不是别人杀的。"墙壁、家具和被子仿佛被涂上一层过期的油脂,松莉的声音漂浮在暗夜里,像饱含一氧化碳的危险煤烟,不知不觉,逐步逼近,"可能是你。是你搞的鬼。"

那个冬天很平常,没有特别寒冷,也没有温暖得不像样子,并且,它极快过去了。第二年,春天来得不晚,地下草的根茎在风的吹拂下坚韧地冒出嫩芽,丁香也早早开放。松莉骑了一辆自行车从树林里的小路回家,她见到了一条狗,站在路的尽头。等她靠近的时候,狗跑了。那狗之前经常在街上游荡,去集市吃人扔的鱼鳔。后来被小和拴在养猪场。当年还是狗崽的时候,松莉的哥哥托她带给小和的。是一条纯种狼狗,长得非常不一样,半边脸都被黑色盖住了,鼻子却是白的。每次见到,只要手里有吃的,松莉都丢给它一口。

在宜昌,松莉也见到过小和。那时她更换了信仰,正为另一个教派服务。小和去寻求过匿名帮助。但在不怎么正规的管理中,有人总是知道是谁倾诉了他自己的秘密。演讲,说服,金钱,地位,服从,背叛。在那样的情境下,她摆脱了他们。她自己读教义,不再听信任何人的宣讲和组织。只要能让她活下去的启示,她都去信信试试。她不再那么拘谨。

"他不想结婚,"松莉温和地说,"他不喜欢女人。"

这一切经由一个垂死之人揭开,小珍突然不那么紧绷了。她将一缕头发的末梢放在嘴里咀嚼。知晓始末的人对这件事遮遮掩掩，从没有一个人明确地向她阐明这一点。松莉的病肺中呼出气体，不断与天花板的迷雾汇合，一些轻微的旋涡正被她消解。

"没有小偷。他跟我一样，自己杀自己。只不过我没他聪明，没能一下死掉。"

早上，小珍用一个小盆清洗虾皮，洗干净后，将它们一点一点捞进碟子里。完整的，破碎的。最后，她看了一眼小盆，虾皮里竟掺杂了如此多的黑色细沙，均匀地沉没在盆底，随水的晃动轻盈地流散。来自湖心，还是海底？她把水倒进白瓷的洗碗池，那时她才看清楚，不是细沙，是一只只触目惊心的虾眼睛。

奇怪，小珍总担心婆婆一眼看穿了她。她极力想掩饰的东西都从身体的外在形态里泄露出来，胳膊上的汗毛会透露她雄激素的分泌，眼神、呼吸和动作会表明她惧怕、逃避，甚至是讨厌的心理。

小和是在结婚前几年从外县迁入的，父母离婚后，母亲被调入这边的医院，他和妹妹也一起来此生活。每次过生日，母亲都给他买蛋糕。十岁以前的几张照片上，她都在点蜡烛时捂着他的耳朵，仿佛在围观放鞭炮，或者看烟花。仿佛蛋糕会当场炸掉,给他造成伤害。

小和死的时候,她的植物果实早在窗台晾干,枯黄的外皮包裹着饱满的种子。

"有个问题想问你,就是,你知不知道他……有时候……会……会伤害自己?"小珍问婆婆。她为了表达善意,或是讨好,给婆婆买了做工精细的陶土花盆。没想到,婆婆将它们藏在厚重的窗帘后面,只在中午拿出来给那些罂粟幼苗晒太阳。说是为了看它漂亮的花朵,其实,小珍知道她会用罂粟种子炒鸡。小和告诉她的。

"所以,你要好好看着他。"婆婆站在窗纱的阳光里对她说。

小珍觉得这命令如此莫名其妙,仔细回味一遍,又像是直截了当的托付。

诡异的是,一直到结婚,她都没有察觉。没有人暗示过她,也没有人问她的意见。从备婚的各项准备里,都传达出你去就是了的意思,你早晚都要这样做。

小珍在奢侈品商场挑结婚戒指。她的手指戴大一号戒指会滑脱,戴小一号则有点紧勒。小和摸她的手说,你的手是热的,热胀冷缩你懂吗,小号就可以,一定能行。她被说服,断定他会是个体贴的好人。

她为此而感动来着。

一定能行,这是他的口头禅。说不定当时和她结婚,他也是这么对自己说的。一定能行。他早就认识到了她的软弱、天真、容易服从。

和她想的一样,没用怎么劝说,婆婆和小姑便放弃了尸检。小珍明白,让她的丈夫失去生命、让她的生活混乱的凶手将面目模糊下去,永远不会有人提起了。

晚些时候,她打通了老林的电话。老林给领导开车,关于沸沸扬扬的小视频,也许知道一点。不是亲戚录的,是谷花园的人拍摄的,老林说,一个做婚庆公司的小老板,大概为了养号积累粉丝好做买卖。别的账号也伺机而动,视频已被录屏传播,到处都是了。明天,他们要开会商议这些视频的处理方案。

"她要是坚持到明天的话,或许会有一些补助,"老林说,"听到这么一两句。也可能没有。"

此时,院了里的风阴森恐怖,小珍把炉盖盖上,将热水倒入松莉的暖水袋,剩下的倒进暖瓶里。她打开灯,提着壶,看着外面晃动的枝条,不知道桶里的水结了多厚的冰,有没有留个足以敲破的缝隙。

她打开门,打开纱门,来到院子里。水桶里已看不到

有山有谷

鲜活的水,她把桶壁附近的冰敲碎,将水连同冰块舀进壶里。在壶口清脆的冰水上,她发现了一个人影。

"怎么着,你把我的棉拖鞋扔了是吗?"毛裤穿着一件她的羽绒服,站在屋顶上。她不知道他是什么时候从她家里爬上去的。

"扔了。那可不是你的拖鞋。"

"找人找人嘛,自己就这么死了多可怜。后来的,也都是没想到的事。你快回家来吧。"他的声音里传达出一种情绪,仿佛已对她不抱多大希望。和毛裤一样,许多人都以帮忙说服了自己,转发点赞后,得到了满足和自我感动。当初,毛裤叮嘱小珍别管他们家破裤子缠腿的烂事儿,现在,他自己倒是心甘情愿进去缠一缠,又缠又绕,还裹出了花样来。

"真是个高级发明!"她说。走吧你们,一个接一个抽离,烦恼会越来越少。"你真是了不起!"

她已经明白清晰是可遇不可求的。有时,她想明确表达出自己的感受,但是那不切实际,她认为是高中没读完导致她没有办法命名一些东西。其实不是,她沉迷在情绪的混沌中,享受让她颤抖的时刻,这些倾向和乐意让她自觉变得丰富、深刻起来。对呀,她不想让自己再那么一望而知。

"那凶器是什么呢？我一直想不通。是一把锥子吗？你把它藏起来了，还是把它扔到哪儿了吗？"松莉问。她说了过多的话，缺氧，小珍把她扶起来半坐着。她的身体扁平，没什么重量可言。小珍想到草堆里捡到的鸟的尸体，干瘪又轻盈。

屋顶是平的，屋檐每隔一米安装了塑料排水槽。雪化后，水从上面流下来。从黄昏开始，排水槽的尖嘴开始凝结水滴，越积越厚，凌晨时分，它们已有一柄剑那样尖利了。随便踩些什么东西站在高处，就可以随意取用那些冰凌。如果有块布片或者什么增大摩擦的东西，你便可以握住它。他们问小珍，丢了多少头猪，小珍说二十三头猪。二十三，是她的年龄。事件发生的前一天，猪栏里就没有猪了。猪去了哪里，她始终不知道，也没有人见过。小和放走的，只有那条狗。

"是冰。"小珍回答。

她看到小和时，那根闯了大祸的冰散落在他身边。它们粘连在地上，在短暂的独立后，连带着血迹继续与地面冻成一体，在中午太阳照过来之前都不会有丝毫变化。小珍将饭盒放在地上，用手一块一块融化它们，水一股股消融进沙土里。右腿边，腹部，脖子那儿，水管的泥槽里。碎冰如此之多，它们顽固而狡猾，她的手湿冷麻木，皮肤下的血液迟疑地流动。

她开始强迫自己转移注意力，不要看向小和脖子上的伤口，以免影响她的劳动。小和带她到北京玩，他知道城市里所有的程序，坐地铁、购物、预订房间，他都熟悉。他应该待在城市的，小珍不无遗憾地假设。她也一下喜欢上了城市，自由、梦幻。她很少坐电梯。那天，她坐了一次三十二层的电梯。按键后，需要好长时间才能到达目的楼层。在微妙的失重和不易察觉的摇晃里，她体会到了闭合空间带来的安全感。后来，如果她短暂地爱上某一个人，她会情不自禁地想象他们一起坐电梯。恰好电梯坏掉，他们被围困其中。她能感知对方的呼吸，因为难堪或者紧张带来的身体僵硬，以及虚渺的眼神。在这些想象里，她满足到浑身惬意，既打发了时间，又得到了快感。

她没有放弃，仍旧隐忍地蹲在那里，做这项工作。此后一段时间，她曾断断续续又撞进那个上午的碎片里。手指僵硬的感觉坚固地存留下来，可困扰她的是，她有点找不到那个固执动作的明确理由。是痛恨并报复，好让谜语和阴暗贯穿他的一生,连消逝都不可幸免吗?还是可怜他,不让他的死亡孤立无援地暴露在众人眼下?想着他凄惨脖子的同时,还能推测一双杀生的手。毕竟这样,他们记得的,是两个人。又或者,她自救于跋山涉水中,本能地与真相周旋,将他留下的一把钥匙运用到极致。如此,这些透明坚硬的东西事关尊严,她不能让它们成真。她要凭借一己之力,不让那些传言得到验证。

在眼前的这片空地上,她也心惊胆战过。因为小和对本地兽医的偏见,他们需要自己给猪注射阿托品,治疗它们的严重腹泻。小和捉猪并费劲按住,小珍拿针管注射。是一只银色的注射器,她想到中世纪的欧洲银质餐具。扎脖子。猪奋力挣脱、嚎叫,猪皮粗粝坚实。第一下没有刺破,针管被猪甩到地上。小和让她用力。小珍定定神,再刺。好样的。推药液,活塞丝毫不动。你扎到颈骨了,小和提醒她,拔掉再来。终于,药液缓缓推进时,小珍流下眼泪来,她不想折磨猪。

每完成一只,便在猪头上画三角形做标记。接下去,她默认干掉一块冰,就像收完一位乘客的车费,他们剩下的路途将不再与她相干。

最后两块,她等不了那么久了,她将饭盒打开,把它们放进了温热的豆花里。接着,她一层一层将食物放回去,然后把饭盒的盖子使劲拧紧。

这样,过去的欺骗和屈辱才会持续成为秘密,被覆盖,被警惕。

不可预测,现在回想,在跟冰凌较劲的时候,或许她最理解松莉。

"他会感谢你。"松莉说,"你有没有什么办法也帮帮我。我只想快点死去。让我舒服点也行。"

"我不知道。我不是医生,不知道怎么办你能舒服一些。"松莉开始出现血尿,毒素开始缓慢侵蚀她的肾脏。

"你想漱漱口吗?"

"不想。"松莉闭着眼睛说,"你把另一条被子拿来好吗?"

被子在东厢房的立柜里。小珍以为她冷。她将新棉被覆盖在原来的被子上。松莉被死死压住,看上去过于沉重,没有任何翻身的机会。

"不是。李颜亮。你们是同学吧?"松莉说,"他需要这条被子。他离我们很近。你知道他在哪儿。"

小珍坐在床边，她一刻都没停止思考。她剥了一个橘子，橘皮还在散发清新慰藉的气味。一会儿回家还要再刷一遍牙。她喝了一口温水，漱口后本应吐掉，但她想事情想得太深入，把水咽下去了。

在松莉的讲述中，李颜亮欠下了不能想象的高利贷，他不敢光明正大回到家里来。她可能撑不了几天了，所以他怎么都会在凌晨到家里来看她一眼。他在旧学校那里，小和养猪的地方。她求小珍不要告诉别人，偷偷去给他送一床被子，不然他会被活活冻死。

小珍还想知道更多消息，来确认这件事情的真实性。比如，他有没有回家过，或者，你们是如何保持联络的。然而，她急促呼吸几分钟后，不再愿意讲话。她的力气和精神在刚才花费殆尽。从气息来看，她仿佛正在远去。

打开房间的灯时，小珍想起一些灵异故事，感到振奋又恐惧。松莉恳切地央求她，她不知道自己在那房间能找到什么。的确，没什么蛛网，也基本没有多少灰尘。靠近窗户，有一张木床，一根根木片如裸露的肋条，上面有一包陈旧的棉花、十几个做罐头的圆筒玻璃瓶。一张铺着挂历纸的写字桌，还有一把老式的椅子。旁边是一个蜂蜜色的立柜，镜面糊着一些褪色的小燕子和紫薇。打开柜子，中间有木板横断，上面真的有一床崭新的被子，绿色绸质的被面，有蛇的灵动与光泽，针脚均匀。下面则杂乱不堪，是一些课本、字典、歌词本和纸箱，一包文具被装在透明的袋子里，笔尖统一朝向，吐出一些淡蓝的油墨。她翻动那些挥发着鼠皮气味的纸页。是李颜亮的东西，书的封面写着他的名字。他喜欢用一支带荧光粉的橘黄色笔做标记。"余忆童稚时，能张目对日，明察秋毫。"在这一页的插画上，他写满了这句话。她的手碰到了一本紫色封皮的笔记本，上面有一个虚张声势的密码锁。那时大家都买一些秘密但又张扬着我是秘密的东西。只有两个数字，小珍试了几次就把它打开了。

里面乱七八糟记着流水账和小孩子之间莫名其妙的猜想和嫉妒。运动会的小鼓手，花坛翻修，谁偷了一整盒黄色粉笔，音乐老师和她的坏脾气，还有一些打闹的意外流血事件。当然，还有别的。

9月8日

今天看到一则趣闻，据说，阿尔卑斯山的野猪都会"气功"，它们为了节省体力，尽快下山，会让自己充气，身体变圆，咕噜咕噜滚下去，山石都伤不了筋

骨。(附加小画:一个猪头人身的动物正在练功)

谷花园的野猪会在黄昏下山。它们成群结队地出现在秋天的玉米地。

7月6日

半月连续阴雨,今日好天。青苔长了半墙,一只青蛙不知怎么进到院子里来,不叫,也不走,警惕着水洼里被风吹动的柳叶。看到它想起来,我们玩过一个冒险游戏,不记得我干了什么,逼得你一定要赢,去舔了青蛙的皮肤,说味道很像电池。细想几遍,无果,或许以后会记起来。

没错,李颜亮家里是养了羊,不过都是关在院子南面的棚屋里,棚屋四周还修建了半米多高的围栏,小羊羔也在围栏里啃食草料。没有羊会跑出来舔食盛剩菜的碟子。小珍回想,母亲当年在松莉家里停放车辆的见闻,是为了比较自己家的干净整洁,顺带发泄繁重家务的牢骚,所以夸张得过分了。与现在不同,棚子依旧在,不过围栏被拆除了。家里没有任何牲畜。小珍知道,松莉是靠出租自家的土地来维持一部分开销。

当年，他们一家还在种地，院子里有一辆崭新的拖拉机，它会被用来拉粮食、秸秆和各种沙石，把羊粪运到地里施肥；在春天，它要带动别的机器进行耕种。一群小孩儿模拟司机与乘客的游戏。小珍坐在车辆的侧翼上，有几个更小的孩子坐在她的对面，正用身体的颤动表明车在飞速行驶。为了让两边车翼的"乘客"对称，小珍抱上来一只小羊凑数。可它活蹦乱跳，根本不会老老实实地趴在被安排的位置上。并且，它什么都想尝一尝，大家的裙边、衣袖都被它用嘴巴濡湿了。那几个小孩儿是谁的弟弟或妹妹，可能还没有去学前班，他们很吵。大孩子提议推选一名售票员，好管住他们，让他们老实一些，不要总是叽叽喳喳，往彼此的头上吐唾沫。为此，几个人展开了各种竞赛。最终决定，谁能表演"龙吸水"，谁就可以当选光荣的售票员。

他们轮番尝试，没有人可以从伸进摩托车油箱的蛇皮管中吸出汽油来。小珍的嘴巴太小，不足以含住蛇皮管的管口，她遗憾地放弃了。他们不断欢呼，汽油在一个男孩儿的努力下不断往外游走，但挥发的气味让他退缩了，汽油又狡猾地回落到油箱中。只有李颜亮做到了，他轻松地表演了一次，汽油稳定持续地流到预先准备好的脸盆中。

12月4日

坐在天台等天黑,看见你们一起玩捉迷藏。你的朋友藏在了男厕所,你当然找不到她。最后一局,你还在努力地把游戏玩好。我看见你甚至迟疑地进了男厕所寻找她。她耍了你。她早走了,从花坛里拿出书包出了校门。

傻瓜(斜线划掉),不要被人戏弄,不要在风口站立。

"我并不想当售票员。"李颜亮吐掉嘴里残余的汽油,唾液里有泡泡旋转。"我来指定,她!她数学好。这个工作随时需要算账。"他指着小珍。

此时,已经没有人还想玩售票游戏,仿佛他们刚刚玩过了。

11月6日

神说的有山有谷、雨水滋润的地方不在别处,就在我们的所到之处。

他们开始注意到院子里的水管。将几个塑料桶放满水，互相舀水泼在彼此的身上，直接把塑料软管对着人多的地方冲刷。小珍掌握了软管的角度和弹性，她将手指放在管口试探，感受到了水的力量。随后，她用食指和中指堵住它，让水流在压力的逼迫下喷得更远，更有攻击力。她扫过每一个人。最后对准了李颜亮，水流射向他，他用手掌来挡。如同施加羞辱，她享受自己的冒失和侵犯。同时，她又有一些担心，她准备一旦他面露怒色，便立马停止这个游戏。

小珍从李颜亮家出来后，走了一段路，想起挂在脖子里的钥匙还放在他们家的餐桌上。

她从门缝里看到了那一幕。半盆汽油从李颜亮头上浇下，他身上的水迹还没干透，就被愤怒的父亲泼上了另一种更为黏稠的液体。油快速漂散到水汪里，像为李颜亮镶了一圈五彩的花边。这惩罚似乎同样落在她身上，他所受的耻辱让她牙齿打战。那时，她只想快点离开，根本不想取回她的钥匙了。

之前，她听李颜亮说起过暴躁的父亲，他折磨家里的每一个人，让姐姐吃死掉的苍蝇，把蜡油滴在母亲的脖子上。

关于李颜亮,小珍还记得什么呢?他把黑色封皮的笔记本放在桌上,用圆珠笔掸落源源不断的头皮屑。她坐他旁边,在他课文的标题处模仿他家长的笔迹:读了三遍,何松莉。老师一会儿要检查。

"你相信有神吗?"他问她。

"不知道。"

"有次,我妈快被我爸打死了,她头上不断有血流到眼睛里。她放弃了求饶,什么都不说,也不哭了,就倚在那里,眼睛血红。我向神祈祷,希望他停下来。为表诚意,我自愿加码,如果我爸停下来,作为交换,我愿意放弃我最爱吃的苹果。这辈子都不再吃苹果。"他说,"他真的停下来了。不可思议。他刚刚才找到了一个新的打人工具:一截新鲜的桃树枝条,却毫无征兆地坐在了沙发里。"

"可是有一个问题,你爸有可能就是打累了。你这个没办法证明。"

"我现在还不知道怎么回答你的问题,但我十分相信是我的心声神听见了。"

"那你岂不是每次都可以祈祷,祈祷考试得高分、走路能捡钱?"

有山有谷

"神也要吃饭、睡觉、上厕所,那么多人,他顾及不到的。让神听见你的祈祷,那种机会,每个人或许只有一次。要谨慎使用。"

"这可不是你妈写的,"老师翻开他的课本说,"去门口站着。"

"你刚刚祈祷了吗?"她问。

"没有,我的机会用光了。"他笑着说。

"那以后怎么办?"

"靠我自己。"他满足地走向明亮光辉中的教室门口。她模糊懂得,那是什么意思了。他掌握了承受的秘密,今后,他不会抱怨吃苦,他将会把那当成神的奖赏。

窗台上干掉的月季插花一经抚弄散发出一股烟草的味道。松莉闭着眼睛,小珍不知她在睡觉,还是陷入昏迷。没几分钟,她恢复了精神,猛然生出一股力量,像换了一副面孔,用特别正式、布告一般的语调和口气对小珍说话。那些错乱的、呓语般的话,让她想起了二十几年前松莉说出"世界有末日"的时候。

别害怕。人在将死时,为了追求幸福和安定所做的错事需要被原谅……你要做的是接受,接受他对你的全部恐吓,让他对你的威胁与伤害不再重要。

初中二年级，李颜亮辍学。他对小珍的爱恋随日记的终止而结束。看到这些，小珍被一阵欣喜、愧疚和晕眩俘获。

她想祈求神明给些提示，但那次机会她已经使用过了。在化冰的时候。

她清楚地知道，即使没有被子，他也不会在几个小时内冻毙。他好手好脚，一定会倍加小心地弄点什么取暖。可这些专心、炽热的心绪把她猛然击中，让她身体满是疤痕的某处蓬勃湿润。她的疑虑完全被打消，不再怀疑他是不是真的正瑟缩在旧学校的哪个角落，她迫切地想与他产生一些亲密的联系。可以说，现在，她愿意为他做任何事情。

终于，她充满渴望地走出了家门。抱着那床被子，手和胳膊在温柔的棉絮中开始发热、黏腻，她感觉被子在肃穆的雾霾和凄凉田野的对比下，私密而混乱。

一簇烟花直升宵天，炸开后传来的声音犹如迟滞沉闷的枪响，被静默的山谷立刻弹荡回来。这要是在秋天，她这样偷偷摸摸地沿河行走，眼镜框反射月光，身躯躲藏不定，肯定会被偷猎的人辨认成野猪，一枪打在她的脖子上。

荒唐！这是不可能发生的。她不会在野猪出没的季节为人送被子，谁会在炎热的秋季需要被子呢？但就像刚刚的推演一样，在她出门的这段时间里，她似乎已走了无数遍这条路，为男人送过一堆精心准备的东西，衣裳，食物，水，肝胆，心肠……有时是夏天，有时是秋天，有时在清晨，有时在午夜。

她对自己的推论不那么自信了。那种感觉，像她终于屈服于欲望，却在毛裤身上发现他不可低估的弱点，他前胸上的"忍"字文身让她忍无可忍。

小珍记起有一个下午，她偷拿父母的钱去买指甲油，回家时面临了他们最严苛的质问和责备。跟指甲油毫无关系，跟偷钱也没关系。是松莉，她给母亲打电话，说她亲眼看见小珍在镇上，上了一群小混混的面包车。小珍不理解为什么松莉那么坚信上车的女孩儿是她，以至于让她花费好几角钱的电话费，警告父母，让他们别被自己的女儿蒙骗而受辱。还有诸多提弄，不痛不痒的小玩笑。松莉将她冬天的帽子一把摘下，将混合着油脂气味的发丝和她丑陋的扁头暴露出来。她告诉正在街上疯玩的小珍，你妈正到处找你。等她急忙回家后，才发现没有人找她，一个人都没有。

这一发不可收拾，她不断劝说自己。

一个将要死去的人，大抵对自己也不太放心了，她会羡慕活着的人，嫉妒他们的呼吸和心跳，抓住最后的机遇再体验一次活着的幸福，真实的也好，虚幻的也罢。她希望有个亲人能够回来见一面，在他的安慰和见证里离去，让他记得她，让他别忘了她已经死了这件事。女儿？丈夫？不行的。只有儿子。反正是小珍，一个招人喜爱的乖女孩儿，她的好邻居，最后逗弄她一次又何妨呢？她记得刚刚她答应了她，随后，她的手往空中一抓，像握住了什么东西。

焰火消散了。没有了光，夜晚无处不在。河流冰冻，土地瑟缩，干枯脆弱的玉米秸秆随风摆动叶片。月光冷淡，不均匀但慷慨，水波一样送到额前。

这时，小珍好像预感到，没有人会回来，松莉将在小镇众人的注视下隆重而滑稽地死去。她死前的时刻，是她一生中被人谈起最多的时候。并且，人们很快便会忘记一个独自死掉的女人，因为新年马上就要到了。仅存的同情和不安也将被欢乐的节日冲淡、中和，直至消失。

新买的靴子帮了小珍的忙，它宽大的边沿碰上了什么东西。一块石头带来的困难。她摔倒了，怎么也没有想到

有山有谷

会碰上这样的困境。火炉散发的温暖和病人的呻吟麻醉了她的神经。然而现在，冷风吹来，让她在房间里的想象变得极其虚幻，那些不真实的情感很难在这样的夜里继续生长。她不明白，为什么她对李颜亮明确的怜悯和爱意，在这里会慢慢变得荒诞、土崩瓦解。

自此，她坚定起来，没有人会选择在野外度过一个冬夜，没有女人，也不会有男人。

她的膝盖涌过一层又一层麻木，继而开始出血、刺痛，一阵古怪的放松缓慢占据了她的意识，潮水般温柔地漫上来，逐渐洇透她干燥的皮肤。伴随一缕香气，她的意识像芍药花一样逐渐打开，萼片、花瓣、花丝、菁葵，颜色似落日似珊瑚。倒下时，她看到夜晚末日的景象，天幕低垂，云彩都飘到耳边来。此时，月光仿佛面汤一般浸泡了万物。她听到一种声音，无比熟悉又让人心惊。是黄雀，那只算命先生被狗吓跑的黄雀。她扭过头去试图在栗林的枝头找寻，好像真切地看到了它。她企图与它对视，但她越努力，越把握不住一切。随后，一股疲惫从小腹开始凶猛地上升，她特别想咬碎一颗爆珠，开始吸一支烟，让西瓜味充满她的口腔。然后，就这样休息一阵子……

斜　坡

夜里下过一阵儿雨,灰色的云层漫布天空。打开单元门,小关将外套穿上。街道没有积水,路面新刷的黄色标识经过冲洗更加明亮。空气里弥散着小粒儿的水珠,清新湿润,闻起来有些橘皮的味道。袜筒太短,没办法将秋裤的裤脚塞在里面,脚踝处的皮肤僵硬而脆弱。袖口的毛羽随她走路的节奏上下飘动,私密起伏的心情似乎就从那些<u>丝丝缕缕</u>里泄露出来。走过站前的银杏公园,树上一片金黄,叶子也铺满草地,她像穿行在一缸小米里。从枝杈间能隐约望见湖里墨绿的水面,早起的人在遛他们的狗。应该戴上薄手套的,接到明珍肯定要帮她提些东西。

"那怎么着,到这儿来吧。"

路上,小关还在试图理顺这件事可能带来的麻烦。租住的房子鸟窝一般小,坏掉一根腿的床,学生们的圆锥曲线,为数不多的存款余额……没有请假,这是最大的问题。

斜坡　155

地铁在干冷的轨道上行进,她开始后悔电话里略显鲁莽的邀请。

没办法,在那种僵持里,她必须说点什么。明珍的那通电话不会毫无所获地挂掉。虽然她们不常见面,但明珍在想什么,小关清楚着呢。

干结的拖把用温水泡好,散落在床上和沙发里的打底衫、毛毯塞回衣柜,台面上的梳子、字典、铅笔和充电线各归其位,再将书架、窗台、电视机屏幕、写字桌桌面用湿纸巾擦拭干净。小关一边整理,一边想上次这么大动干戈是什么时候。在给琴叶榕剪掉枯枝时,她的膝盖碰到了全身镜的木边。坐下查看一番,好在没有破皮流血,淤青是不可避免了。刚刚走动,她并没有毛手毛脚,所以,她经常怀疑自己大脑中大概有哪片地方没有长好,导致她总是对距离和棱角的预估失去判断。不粘锅也粘了灰尘,她打开水管冲洗,并从橱柜里找到它的玻璃盖。明珍会用到的,说不定会是她在家里使用最频繁的物件。

已经十二点半,她必须在睡前完成彻底的清扫。

大部头的专业书籍摆在最显眼的位置,她需要它们的支撑。一大袋泡面丢进储物箱,被盖在吊带裙和短裤下面。

泡面这种食品在明珍眼里是不体面的，那或许是生活落魄的有力物证。她用盛巧克力的精美礼盒把乱糟糟的耳环展示出来，一对一对挂在里面。在金属明晃晃的色泽和光线里，屋子有了一些不般配的珠光宝气。

摆放化妆品的时候，她明显感觉到了自己可笑的精明。她担心被明珍看穿那些不自然的小心机。于是，她将刚放进抽屉的大宝拿了出来，摆在化妆台上。大宝堂而皇之地站立，她觉得这样才是正确的样子。平时怎样就怎样，不应该过于在乎一个闯入者的看法和评价。

吸尘，然后拖地，在一种古怪情绪指使下，她将马桶也刷了一遍。小关记得，小时候从亲戚家回来，明珍嘲笑那家主妇不讲卫生，赞叹自己家的马桶盖子干净得可以切菜。盯着厕宝冲出的海蓝色，小关相当满意。当然，那些关键性的东西，牙刷、毛巾、拖鞋，包括床上用品，应该在客人到达家里的时候，再从柜子里拿出它们，去除崭新的包装袋，将折痕打开。那样做，轻而易举就能向明珍证明它们是洁净的。并且，两个人进入房间后的尴尬时段也有事可干。是的，那会是一个可靠的缓冲。

"她是我妈，来这儿小住几天。"小关对门卫说完，在

斜坡　157

一个本子上登记明珍的信息。她自信过头,写到阳历生日便忘了,跑出来要明珍的身份证。

"妈妈怎么成群结队地来。"物业阿姨用体温枪在小关伸出的手腕上测量,"昨天和前天都有妈妈来。你妈可真年轻啊。"她的语气不像是在质疑她俩的关系,倒像是由衷发出的感叹,"还得把车票给我看一下。"明珍说没问题,随即扭开了手包。

进屋,明珍脱了奶茶色的羊毛大衣,摘了围巾,换上一次性拖鞋,对着镜子,把被静电折磨的发卷用温水打湿,好让它们老实地搭在开衫毛衣上。

"你还在用卫生巾吗?"明珍问。虽然还处在上楼搬行李的喘息平复中,但天生的傲慢意志已经让她开始了发挥。

不可预料。小关在收拾东西时,认为满屋子只有卫生巾是最安全的,是最不会遭到她怀疑的。她为了给自己挣点面子,将一包价格不低的日本进口卫生巾摆在置物架上。

"现在她们都开始用卫生棉条了。"

"我没有试过。"小关说。

"你不用害怕的,挺简单,不会拿不出来的。我们店里就卖。"明珍补充道。

小关正拿着一块湿抹布擦拭行李箱,她的心突然提了起来，不知道她还会不会问其他奇怪的问题。比如，到现在也不结婚如何解决性需求。要是那样的话，她准备告诉她，这也不难，她靠挖耳朵的颅内高潮来代替，每天都挖，再努力一点，能把脑花也一勺勺挖出来了。不过，事实证明，小关想多了，明珍不怎么关心那个。等小关不那样紧张了再去考虑，她怎么会问这个呢？不会的。

明珍有些改变，无论怎么化妆都掩饰不住了。她比前几年瘦，双眼皮越发明显，眼眶深陷，皮肤添了些细微的褶皱。她是高兴的，虽然眼神依旧飘忽，时刻探索周围。她还戴了一枚镶碎钻的铂金戒指，手和脖子细腻柔软，看上去暖烘烘的样子。有一阵子她学会了抽烟，后来毫不费力地戒掉了，修复后的四环素牙没能保养回来，仔细看的话，牙缝间略微有些发黑。好不公平的啊，小关以前常常想，她没有遗传母亲的美貌。"你这样打扮太丑"，明珍经常把这句话讲出来。不过这些年她不那么刻薄了，那些自以为是的智慧，随着年纪增长好像只能用在她自己身上了。刚进门时，她甚至慷慨地表扬了一句："暖气充足，很舒服的房子啊。"

说不定她就是冲着暖气才要来的。她在成都的房子没有地暖，开空调又心疼电费。在视频里，她不止一次向女儿诉说手脚冰冷的苦，以及穿了过多衣物显得自己又老又蠢。

"屁股里面栽仙人掌哦，"明珍在电话里说，"坐不得站不得，怎么办好啊。"小关想到了院子里的那些东西。

二十几年前，明珍就不善于养植物。养不好，还喜欢张罗。冬天，一些耐寒的仙人掌在院子里苟延残喘，这儿一块，那儿一块，像地里长出了鞋垫。

那时候在乡下，掌握专业知识容易被人高看一眼。也有可能，大夫比电器修理工、教师、卡车司机还要拥有更多的权威。小关的父亲会在家里接待病人，为他们诊断、开药、注射，有时候也会去到病人家里，给小孩子和行动不便的病人治疗。老人是否要送到医院、是否还需要继续诊治，都得参考他的建议。说是参考，基本全部遵从了，包括根据他的明示与暗示，何时准备操办后事等事宜。没有出现过偏差。这些已经为他赢得了足够尊重。

明珍心安理得分享因为医生而来的尊重。她与别人攀比的，是把家庭主妇做得无可挑剔。那些工作对她来说游刃有余，她以此作为对医生的回报，以及对自己出色能力的证明，证明她确实配得上那些尊重。

世纪末时，超市和大棚种植还没兴起，北方人在冬天实在难以吃到南方时蔬。仔细想想，除了菜畦里的大白菜和萝卜，偶尔买一些莲藕、笋干、土豆和便宜的洋葱，也没有什么耐储存的蔬菜了。但明珍是个好厨师，她长于将普通的食材炒出丰富的味道。是真的厨师。之前，她跟一个师傅苦练过。不过，结婚以后，明珍就放弃了。"烟熏火燎，不是人过的日子。"她这么讲过。可手艺一直在，从此，只在家里的灶台上下功夫。她向小关传授过简单的秘诀，开大火和多放油。小关开始住校时，总央求明珍给她送饭。"你这叫吃高了嘴了。"明珍说。

为了俭省地过生活，明珍不怎么做米饭，而是做粥，一次米饭要用掉三倍于粥的米量；她将平菇撕得尽量细碎，这样他们可以多夹几筷子。除去一日三餐，明珍承担家里所有的家务。清洗缝补衣服，处理带血的棉球、针管、注射器那些医疗垃圾，打扫医生削在地上的苹果皮，光脚上房推回屋顶滑落的瓦片，给家里和羊圈杀跳蚤，督促小关做作业……更换灯泡、扦插树苗和修水管也做得来。如果有哪项工作他们不做，最正当的理由就是她会去做，只要放在那里，她早晚都会去做。

显而易见，明珍牢骚满腹。表面上看，她不是任劳任怨的。

"你们的屁股还好吗？"她在饭桌上这样批评他们。第一次发问是在一个寒冬的早晨，小关和医生被难住了。他们没有马上明白其中的意思。

"屎尖没有扎破屁股吗？"他俩这才听懂了明珍的意思。确实是那样，在更换马桶以前，冬天太冷了，刚落进旱厕的粪便，热气还没冒完便被冻住了，一截一截往上累积。但明珍夸张了，它们离屁股还远着呢。

大家已经默认了家庭的运转模式。"你们就像寄生虫一样。"她这样指责小关和医生。"寄生虫"是她从医生那里听来的，她还知道用哪种药来杀死它们。对父女俩她却无能为力。于是，她不再满足于把事情尽快做完、尽量做全，而是逮住机会就用讽刺嫌恶的语气批判他们。

"我要不在家，你们只能吃鼻涕拌黏痰。"

"为什么不拿棍子往下捅一下？这样下去，会把你们的肚子扎漏。"

她用没听过的话来取笑他们，这些发明让她获得微妙的感动和放松。渐渐地，她把刺耳的脏话也融入进去，一开始只用来骂牲畜，鸡、母猪、羊群，后来也对付突然出现的红蜘蛛、马陆和蚊子。你们没有我可怎么生活。你们没有我可绝对不行。她的工作万分重要，是保障，是展示，是大家的奖品。与有条不紊的劳作比起来，她的精力、信心和麻利果断的个性更让小关忘不掉。这是她身上不寻常的那部分。在小关心里，那几年的母亲形象又硬又尖利。可是多年以后再回忆，当年的她，始终保持野蛮的单纯，聪慧过人。

在读小学之前的一段时间里，小关只和女孩子们在一起玩。偶尔她们会攀比些东西。大宝说她看见了惊险的一幕，一条金鱼生了一条小金鱼。

"从它拉屎的地方出来的。你们爱信不信，咕噜么一下，一条小鱼就被生出来，摇头摆尾地游走了。"

小关没有怀疑她，但她不能输。

"这也没什么，你们养猫猫狗狗，养金鱼，可我们家养过熊猫。"于是她说。

"那它吃什么？"有个女孩问。

"我爸喂它们糠。"说"它们"暗示她家养过不止一只。牲口们都吃糠，熊猫吃馒头或者饼干好像说不过去。

"瞎说！熊猫是一级国宝，你们家养熊猫？那是犯法！"小关被大宝当场拆穿。

女孩们还会攀比自己的弟弟妹妹。不过规则很简单，有就是赢了。

小民出生后，明珍要照顾婴儿，也需要被别人照顾，没有人围着小关转了。小关当年是剖腹产，新生儿要从肚子里出来，又把明珍肚子上原来的伤口划开。他们走了相同的路。

祖母负责接待来祝贺的客人，把一包包鸡蛋放在地板上。她清醒冷静，哪个颜色的袋子是哪家送来的，她一清二楚。按风俗讲，每包鸡蛋只能留两个，余下的过一两天要给他们送回家里。不能当面让客人提回去，这个奇怪又不高效的规矩和礼节让小关倍感焦虑。她害怕哪天祖母不在家，同时来好几个客人，而她根本记不住鸡蛋与人的对应关系。

小婴儿皱皱巴巴，如一团拖布。小关回家，看他一眼就跑去开电视了。一部真人版动画，讲一个孩子变成小蜜蜂，跑到蜜蜂王国的事情。弟弟还没满月，她被禁止看电视。"会吵到他的。"明珍对小关说。等小关长大再回想起来，不是婴儿怕吵的问题，电视机声音已经被小心翼翼地降低了，是明珍，她心情烦躁，不想听到任何嘈杂的声响。不只是看电视，唱歌、跑步、跳格子都会被骂。每天晚上，婴儿要哭许多次。小关睡不好觉，课上经常打盹。

缝小被子、洗尿布、冲奶粉、炖汤，真够他们忙活的。祖母要是不在，她从学校回家需要自己找吃的。实在饿了，又没有现成食物的时候，她会求助医生。可是医生只会炒鸡蛋。他还会往锅里倒点醋，用这个方法让小关止咳，因为她吃甘草片会吐。

与女孩们较量时，小关默默希望父母一定要克服万难，运气好一点，给她随便去哪条路上，弄一个弟弟或者妹妹回来。同样，在她的认知里，自己也是如此被"弄"回来的。

在随后的几年，当时痴傻的盼望和期待也会来到她的意识里，她已经无所谓了，任由它们挫败、折磨去吧。

有一次，从早上开始，小民就哭闹了两个小时。小关多么希望他睡会儿觉。那样她就可以歇一歇了。什么都没有用，玩具、奶嘴、沙堆、讲故事、换干燥的尿布、背着他摇晃，全部不管用，她的腰都直不起来。眼看马上要过十一点，集市都要散了，他们还不回来，她焦躁又气愤，急得要哭出来。

每次她只带很少的钱，有时五毛钱，有时几块钱。她去那里不是为了购物。集市对她有股难以言说的吸引力。

斜坡　165

那是自由的时间。她想干什么就干什么的时间。通常她都会先去服装区慢慢看一遍,她身上穿着明珍给她新买的裙子,所以整个夏天她都不可以再要裙子了。但她还是会去逛,细细地欣赏,有时还会摸一摸,问问价钱,她不会买,她没有那么多钱。然后是女鞋区。她吩咐老板给她找一个合适的码数,小心地试穿。接下来,她问老板最低多少钱会卖给她,这时她报上一个三分之一的价钱,问老板卖不卖。有时老板企图让她再加些钱,阴阳怪气地夸奖她的讲价能力,并诉说自己真的赚不到钱的苦衷,让小关这样的小孩儿也可怜可怜他们泥腿子买卖人。有的老板则生气地要回鞋子,严词拒绝,不卖!

她从里面得到诸多乐趣,即使别人对她发脾气,她也不会扫兴。本来她就是在开玩笑,她才是最初的玩弄者和挑逗者。

这时,她应该就会饿了,买一块紫米糕或者几根油条,有时再买几个小蒸包。沿着集市的路走,蔬菜区、干货区、水果区、五金区、点心区……印着粗俗花朵的碗碟,极少变换花样,五彩的发带和蕾丝边的袜子边,总围着一群比她还小的女孩儿叽叽喳喳,芳香的现磨芝麻酱、凉菜和茶叶……

一点钟也过了。小民已经睡着，他的嗓子都哭哑了。头发一缕一缕地紧紧贴在额头上，没被汗湿的头发显得越发蓬松。

偶尔，小关也觉得弟弟睡着了是可爱的。她打开小吊扇，蚊帐飘鼓起来。小民不再像刚出生时么干瘪丑陋，奶水充盈了他滑嫩的皮肤。在额头上，有非常细小又饱满的颗粒，阳光照透了粉红色的嘴唇。小拳头举过头顶，心不在焉地握着铜蛤蟆铃铛的红丝带。呼吸均匀。小关发现，如果持续朝他的鼻孔吹气，他就会丢失获取氧气的能力，一阵惊慌，醒来，并用手背搓弄鼻子，然后再睡过去。

她不顾一切地来到了集市，摊位稀稀落落，卖盗版书和杀活鸡的人已经走了，牙医也在收拾用具，收起了绿色的太阳伞。她买了一个肉火烧，酱油和猪肉的烤香味给了她一些安慰。一对蝴蝶发卡紧紧抓住她的目光，然而没有足够的钱来买了。当然，无论在集市，还是路途上，她谁都没有遇见。失落地往回走，打开大门，走进屋内，看了看床上，没有婴儿。被单上只有他睡过的一片浅显的痕迹。

婴儿哪里都找不到了……

不可以！设想到这里，她打了一个冷战，害怕得浑身发抖。她起来喝了一大杯凉开水，听着风扇翅膀的挥舞，在小民的旁边睡着了。

在漫长的照看时间里,对父母的要求,服从是最直接、最经济的。每次完成他们不在的时段中的照看任务,小关都长舒一口气。恐惧常常突然降临。台阶、桌角或可以吞咽的东西,它们威胁弟弟的安全。她时常担心自己的疏忽会导致弟弟受伤。她害怕他身上出现的任何伤口和淤青。其实,伤口和淤青本身带给她的不安和焦虑远远低于父母的审问与责备。尤其是明珍,她会严厉地训斥她。

不过,小关的好奇心得到了满足,这是唯一一点安慰了。她观察婴儿与自己的不同,嘲笑他柔软到不能支撑自己的身体,还有想要钻进玩具车里的想法。在还不满十岁的小关看来,这些都既好笑又不可思议。甚至在最初几天,她觉得婴儿发生了太大变化。可以说完全不一样了。她惊讶于婴儿成长的怪异。但是,她丝毫不怀疑自己的判断,她对他并不上心。只要明珍在,怎么变化跟她关系都不大。可以确定的是,每一天他们单独相处的时间,都不是出于爱。

小民那会儿会跑了,伴随他结实的双腿一起生长的,还有他的反抗意识。他不喜欢吃鸡蛋黄和肉。蛋黄可以和在他的蔬菜面饼里，肉则不行，他吃了将会吐得一点不剩。小关觉得这点和她相像，不愧都是爸爸妈妈的孩子，呕吐是他们共同的抵抗方法。可他学会了抵抗，让她更加焦虑。

小关还用暴力对付过他。他发起脾气往外面跑，打开大门，跑到街道上去。那里有更多的危险。小关绝不会让他跑出去。她将大门锁起来，钥匙拿在手里。小民被简单的把戏囚禁，无论怎么想办法也跑不出去。在一次他因为要去买雪糕没有被满足而哭闹起来时，小关打了他。每个孩子每天最多只能吃一支雪糕。这是医生和明珍共同制定的规矩。他已经因为贪婪，买了红豆雪糕和巧克力雪糕。不仅浪费了钱，还会吃坏肚子。

"还要不要吃？"小关在他的屁股上用力拍了一巴掌。

"要！"

"好呀！"她重复了那个动作。

"现在呢？你还要不要吃！"

当然，小关也挨过打。她和小民玩诊所游戏，先把一瓶水用彩笔染色，将它吊在晾衣绳上。再让"药液"缓缓流进输液管里。这一步要谨慎，她认真地排空了里面的气体，再将末端用胶带固定在小民的手面上。像模像样地，他们也模拟了医生拍打手面寻找血管的过程。

斜坡　169

"手不要乱动,针头会跑出来!也不要动这个,小心回血。"小关指着滴速调节器对他说。

"我会叫你的!"小民沉浸在他的病人扮演中,他觉得有权力随时叫她来拔针。

他们输的是"左氧氟沙星",小民说他需要消炎,小关就染了淡黄色的药水。这其实是一个计谋,小民被输液管拴在树下,那瓶药水起码要半个小时才能滴完。小关有充分的时间做老师留下的手工作业,完成教师节的手抄报。

医生看到眼前一幕时,没担心那瓶莫名其妙的药液会毒死小民,据他的推断,小关准确无误地将针头扎进血管还不太可能。他指望着,那会是地窖中纸箱里未拆封的输液管。可事实不是那样,小关知道地窖里的东西是给真病人用的,要花钱来买的。是垃圾桶,小民从垃圾桶里翻到那根输液管让姐姐给他打针。

虽然沾血的针头被小关拆下扔掉了,可塑料管在小民手上固定得太过逼真,那个情景还是把医生吓了一跳。他为没有时常给孩子们强调垃圾桶的危险而紧张、内疚、愤怒。

不容小关辩驳和置疑,而且,不约而同,他也打了她的屁股。

不知道明珍在来京之前有没有询问小关的父亲，小关认为大概率是不会的。明珍和医生几年前就把手续办了，大有老死不相往来的决绝。小关对他们的决定不支持也不反对，她只是记着有那么一件事儿。

听说母亲来北京是要做手术，主任还算爽快地把字签了，并礼节性叮嘱小关好好照顾。小关告诉主任，是个小手术。她没有提及是什么手术。

小关挂了两天后的号。她带明珍去了北海公园。风大，划不了船。逛了一圈，明珍一直在拍照。手机是三年前小关送她的母亲节礼物。她将镜头对准游船上的一只鸳鸯，它正用玫红的嘴巴梳理威严的立羽。明珍对鸳鸯的认知还停留在民间传说和神圣爱情的象征里，这是她第一次见到这种动物。

"跟野鸭差不多大啊。也就一斤多点。"明珍习惯估算万物的重量，这应该与她早年做厨师有关，什么东西拿在手上，先要掂量一下有多沉。明珍执着地寻找成双成对的另一只，"确实好看，美人儿一样。"

"这只是公的。"小关试图纠正明珍不恰当的比喻。

临近北门的湖里，鸳鸯多起来，明珍兴奋过头，完全忘了配对的猜测,她选择了视频模式,来记录夕阳和柏影里的鸳群。小关跟在身后,叮嘱她不要把手机掉进湖里。

除了鸳鸯,明珍还拍了油松、白皮松、残荷、琉璃瓦,公园里的孩子,花丛下滚圆的猫。她们转了一圈才找见乾隆皇帝题写的琼岛春阴碑,明珍围着栏杆绕了几圈,感叹就像站在乾隆爷跟前一个样。她还饶有兴致地讲了几个野史里的皇帝八卦给小关听。

这点倒是没有变,明珍对这些东西兴趣十足,她会带着一种怪诞、轻松、蠢蠢欲动的神情向小关讲述她听来的东西。比如,隔壁的主妇在家里的沙发缝隙里,发现了妇女主任的套袖;王奶奶被抢救过来后变成了另一个人,也就是她死了八年的妹妹;烧麦秸的男人把自己也烧焦了,大家把他抬起来的时候,那个东西像半块窝头一样掉在了地上。明珍从来都是笑着谈论镇上人的离奇故事。从添油加醋的程度,小关推断,明珍自己真信了那些事。

在家里时,明珍有一个朋友,小关叫她桑叶婶婶。这是小关小时候的称呼,当时她在放学的路上接受了一块金黄的发糕。她说不清楚是谁给的,她不知道那人和她丈夫的名字。他们也没有孩子,所以,没有名字可以用来称呼"谁妈妈"。小关正着急,于是,她就说是桑叶婶婶。他们家养蚕种桑。借由那块发糕，明珍和桑叶婶婶开始了友谊。前面这些事情，大概率也是桑叶婶婶讲给她听的。她是明珍的通讯员。

她们一起去洗衣服、采金银花，嘲笑住在养鸡场的那个女人让她们的友谊更加坚固。后来关系更为亲密，她们看了彼此的痔疮。

早年，在当地政府的鼓励下流行过一阵种烟叶的风潮。有一批烟叶商承包那里的土地，让农民们为他们栽种烟叶。农妇受雇于成规模的种植商，在潮湿油腻的烟叶气味里工作一天，大概可以得到五六十块的酬劳。她们什么都干。劈烟叶，绑烟叶，烟叶在烟楼里烤好后，她们又会转到室内挑烟叶，将瑕疵部位用剪刀小心地剪掉，以让它们卖到更好的价钱。

明珍和桑叶婶婶都会去，养鸡场的那个女人也会去。小关记得，那个女人块头不小，比她的丈夫还要高几公分，她不算胖，偏黑的肤色衬托得她颇为结实。有次，她将最后一摞烟叶放在运输车上，在终于可以歇息的轻松和把钱赚到手的愉快中，她向一起劳作的农妇们——或者是她自言自语——感叹："哎呀，这种天气干活真是遭罪，香汗淋漓啊！"明珍和桑叶婶婶没有什么大的反应，但是她俩在听到这话时肯定大为震撼和不解。"淋漓"的意思有些模糊，"汗"明白无误，她们的身上也正流淌着那东西。这个高贵、柔软、炫耀的词语，从养鸡场女人的嘴里说出来，具有了莫名其妙的喜剧效果。

"你在那里干什么啊？香汗淋漓的。"桑叶婶婶对明珍说。

"干坐着就会香汗淋漓呢。"这四个字成了她们的暗号，用来表达天气闷热、心情畅快，抱怨干不完的家务活。在小关的记忆里，她俩像谈论桃色传言那样调笑它，让那个词语弥散着肉体与生机的色情意味。她们的行为也暗含了对养鸡场女人的嫉妒。她干活拼命，所有女人在干活速度与质量上都是她的手下败将。

明珍去南方以后，她们的关系中断过几年，好在手机将她们的默契重新接续起来。桑叶婶婶经常和明珍视频，两个女人分享各自的生活。自然，明珍没有放弃打听镇里人的事情。婶婶是她获取信息的重要途径。

明珍刚离开的那几年，她除了给家里时不时打个电话，其余的事情，一定是从桑叶婶婶那里得知的。她生怕因为她，两个孩子变得不正常起来。"什么深仇大恨，抬腚就走了。""你妈不要你们了，你们还在这里给她当小奴才。"祖母通常在她打电话时将这些话小声讲出来。

明珍总是提醒小关，让她保持警惕。"你们机灵一点，不要被别人骗。"明珍每次都用这句话来结束长途电话。她一说这话，守在电话旁的小民就跑开了。

小关给明珍买了马桶垫，好让她舒舒服服地坐在医院的马桶上，一套睡衣，一个坐浴盆，两包护理垫，一次性内裤，水果和零食也买了一些。

"能不能让女大夫给我看呢？"明珍在小关锁门时试探性地问她。

"这个医院肛肠科没有女大夫。"小关把垃圾扔进桶里说。

"不让陪床，也太不人性化了。"疫情期间，医院不让家属进入病房楼，明珍不满意这项规定。关于这点，小关也没想到。

难为情和尴尬的担忧在术后都被慢慢掩盖了。在男大大面前脱裤子，并将私密的器官裸露给他已经变得再自然不过。好些东西也没用上，比如马桶垫，疼痛来袭，卫生与否不再是一件特别要紧的事。

"总共才二十分钟。我在楼下等着，你出来被送到病房

斜坡

我再走。有事找护士,她们会帮你的。"小关觉得不够,又补充了一句,"我就在楼下,有什么事我马上就能知道。"

看着明珍进到里面,小关转身就走了,她觉得割屁眼的意外只会出现在医生身上,不会在患者那里。出了医院门口,她买了一杯芋泥奶茶和一份烤冷面,在排椅上吃完,掏出试卷,用三种方法解了一道证明题。

术后七天,明珍出院。医嘱说缝合伤口的线脱落后复查一次,没什么问题就可以回家了。她们商量在北京养一个月再回成都。一个月的期限是小关订立的。医生指着一条注意事项,让小关看,一月之内不要进行性生活。她没告诉明珍这些,只让她在这里待够一个月再回去。

"我的线终于掉了!"明珍大惊小怪跑到厨房对小关喊道,"扔到垃圾桶了。"

"不留着扎袋子?"小关调侃明珍。之前在老家,明珍从不轻易丢掉任何一根线,而是把它们都绕在门口的一根钉子上,留着给盛粮食的袋子封口。

在手术的痕迹都消匿之后,明珍有天去厕所出来,跟小关说自己又被吓了一跳,以为还有一根缝合线没有掉下来,原来只是一根金针菇。

小关在明珍的指导下买了她常用的染发剂。她想带明珍去理发店做头发，明珍不肯。现在，明珍与一个便利店老板生活在一起，他们就用店里的染发剂处理白头发。虽然，她的消费观念更大胆了一些，不过在省钱上，她还是自有一套。并且，她的自信一点都没有消减，她相信小关在没有干过的情况下，依靠她的指导能做好这件事情。

小关给明珍戴好披肩、耳套，自己穿上围裙，戴上一次性手套，将瓶瓶罐罐里的液体混合起来。

"我们这样子可真像科学家。"小关说。

"我听见了，他们剪我肉的声音，像剪布一样。"明珍对小关说，"当晚好疼的，三点了还没有睡着。最后是怎么着，梦见回了家里，下了一场大雪，早上还在下。到处明亮，喜气洋洋的。我起来扫雪，你们都躺在暖和的被窝里。屋里生着炉子，我责怪你们没人起来帮我，可你们谁都没听见。"

"你每次喊，我们都能听见。"小关将泡沫挤在掌心里，开始挑选第一缕要染的头发，"就是起不来啊。"小关记得多个相似的清晨。家在 个斜坡上，路两边种着白蜡树。小关学骑自行车的时候，一遍一遍推车爬到坡顶，再骑下去。快乐转瞬即逝。夜雪过后，道路茫茫无尽头，明珍抱怨邻居不懂自扫门前雪的道理，经常骂人家懒蛋、呆猪。

在发牢骚的间隙，还要跑回来看看火炉是不是要熄灭。提起水壶，将一铲煤炭倒入橙红的炉膛。沉闷的煤炭窸窸窣窣、相互碰撞，火一时不会熄灭，温暖将持续下去。

"说明书有没有好好看，这个马虎不得哦，你不要给我弄成秃头。"明珍说。不过她不怎么担心，"你不像你爸，不像他那么粗心。"

"他不粗心，他从来没有给别人拿错药。"小关说。

"哎呀，不是说那些，药自然不能搞错，要出人命的啊。你又不是不知道，他把鸡关进屋子里，拉一床鸡屎。还不止一回。"是有那种事，明珍的鸡都散养在院子里，开个门缝，它们就好奇地钻进屋里，锁门时，不留意便容易把它们关在里面了。现在，明珍很满意那个男人，她喜欢城市的生活。唯独有一样，不能有个地方养鸡，这让她不怎么舒心。

好多习惯，是从明珍那里来的。比如攒啤酒瓶子。在明珍的换算里，这些啤酒瓶子可以卖十几块钱。小关不这么想，将它们立在那里确实是受到明珍的影响，但她不会拿它们卖钱。之前她这么干过，提着一大袋瓶子去废品收购站，他们明确表示不要酒瓶子。她提着走了好远才找到一个垃圾桶。这些瓶子是浪里淘金留下的，它们都有好看的图案，奶牛、熊猫、风车、胖头娃娃。

每天小关下班走到三楼，四楼的家门啪的一声就被打开了。明珍说她能听出小关上楼的声音，邻居们上楼是咚咚咚，噔噔噔，小关上楼是嗒嗒嗒。小关想起了古文"久之，能以足音辨人"，小声说你比归有光还厉害。明珍就问归有光是谁，住几楼。小关说住一楼，还有院儿，种枇杷树。门一开，番茄牛腩汤的香气顺着楼道下沉，一股暖气的热流也跟着跑出来。

视频打来的时候，明珍和小关正拿着刀下楼。没有磨刀石，明珍在小区的水泥花坛边把刀磨了。

"就是割屁眼啊，"明珍用拇指腹试着刀锋，"花生米终于发作了。"她向自己多年的朋友抱怨。"花生米"是指她的痔疮，当年她们相互"看诊"的时候，桑叶婶婶说明珍的那个东西仿佛一颗花生米。

她俩似乎有聊不完的话题，每次视频都要半小时以上。桑叶婶婶告诉明珍，医生在墓地烧纸，把祖母墓前的两棵松树烧秃了。明珍询问了些细节，没再说什么。在小关印象里，明珍在离家之前，没有与祖母发生过激烈的冲突。只有一次以祖母为缘由的争吵中，明珍和医生摔碎了家里一套印蓝花的碟子。

邻居家换地板时明珍去看过。她认为地板既容易脏，又要经常维护，冬天还会吸走屋里的热气。她有财力更换家里藏污纳垢的红砖地面时，毫不犹豫铺了大理石地板砖，还是灰白色的。那几年"小组合"非常流行。那其实就是一组带抽屉的矮柜，电视柜，玻璃板茶几，挤挤挨挨沿墙堆放在客厅一角。抽屉里放着茶叶、钙奶饼干、备用钥匙、暂时不用的碗、鱼盘，有时候还会有几个硬币。乱七八糟的东西按照简单的分类填满柜子。那阵子家里存有一些钱了，存折也混在其中。医生警告过明珍，小偷来了会优先翻找客厅的矮柜，明珍不以为然。

她对家具极其熟悉，哪个边角磕碰过，哪个把手蹭掉漆皮，甚至物品使用完放在哪里，她都不会记错。

婚后几个月的一天，她郑重其事地对医生说："我们家真遭小偷了。"

"丢了什么？"

"你来看看，柜子被翻了，东西都不在原位。"

其实是个工作量极小的贼，因为她只拿走了新婚夫妇的计生用品。

"是啊，你妈有应尽的善意，但她缺乏应有的礼貌。"

明珍说。

虽然他是医生,可为人看诊的时间只有二分之一,剩下的大部分时间他都在农田里干活。医生惧怕母亲的威严,有一次,他在菜地摘完西红柿歇息,和妻子并排坐着,顺势靠近了揉搓她的手。那个场景被正在拔草的母亲看到。她没有批评医生,反而事后给了明珍一个鄙夷又严厉的脸色:"你那样,会让他没有一点男子汉气概。"

在乡下,一个女人让男人为她低三下四,是个可怕的罪名。

不过,明珍有她的坚墙厚壁。

世纪末,还没有人家使用冰箱。冬天没有像样的水果可以供奉祖先。明珍发明了一种水果。她用白萝卜雕刻出一盘白色的桃子,活脱饱满,再用包散装挂面的红纸在桃子尖上轻轻摩擦染色。那种假桃子骗过人都没问题,别说那些鬼了。况且在小关的想象中,他们整天醉醺醺的。

公鸡必不可少。鸡被杀死还没僵硬时,要将它的翅膀从脖子割开的伤口里穿入,再从嘴里掏出来,固定好,让两只翅膀分别往相反的方向伸开,腿向后蹬住它自己的屁股。这样,公鸡就会以一种奇异又神秘的姿势,稳定地趴在盘子里,张开嘴巴,咬着它自己舒展的翅膀,协调、挺拔、充满仇恨。

除此之外,祭品花样繁复精致,小关素昧平生的祖父足以做个虚荣的鬼。

家常便饭里,明珍也能做出花。她巧妙运用颜色,如鱼得水,把南瓜蒸熟和进面粉,发酵后做出各种食物,花卷、懒龙、蒸饺、豆沙馒头和馅饼。除了南瓜,菠菜、紫米、红苋菜、蝶豆花,也得到她的钟爱。

祖母的手却做不到这些。唯独在表现神的至高无上和敬献的虔敬信仰上需要花费力气的时候,祖母却做不到。她除了督促和打下手,烧温水、拔鸡毛、擦桌子、将血水倒进水泥池子的下水道,冲洗盆子的油滑内壁,别的什么都帮不上忙。她用胡萝卜挖个样式最简单的花灯都会漏油。

在明珍大显身手帮助邻居盘鸡时,祖母拿着扫帚站在一边。她没有那方面的天赋,略显失落和懊恼地清扫着邻居们盘鸡丢弃的弯弯曲曲的内脏。明珍利用她的本事,不会过分扬扬得意,也将平时的胆怯小心一扫而空。她复仇般折断一根根鸡的筋骨,冷静地享受出力带来的快感,在轻易熟练的动作中,玩弄婆婆高高在上的威严。

最后,祭品都进了人的肚子。小民咬第一口鸡腿时,问过小关:"滑腻腻的,爷爷流了口水在上面吗?"

几年前,小民就已经一米八了,他的肩膀开始变得宽厚,头发浓密微卷。和小关身边的男性比较起来,他还远远没有成为他们,只有喉结的发育释放一些虚假信息。小民还是瘦弱的,兴许是他不喜肉食的原因。在小关能看到为数不多的朋友圈照片里,小民偏爱肥大的衣服和笨重的球鞋,那让他显得健壮有活力。他的眼睛俊美忧郁,时常显露出事情没有做完的焦虑。冲动和幼稚没有增加他的可爱,反而破坏了他看似坚定的气质。

小关将他的耳机拿过一只戴上,声音刺耳。

"这是什么歌?"她问。

"*Maggie's Farm*,吉他通电知道吗?"

"不知道。"

"那我问你,孙子和孙膑是不是一个人?"小民说。

"你这么问了,那就不是。"小关回答。

他的手背和胳膊上有新的伤疤。

"这些都是刷碗刷的吗?"小关问他。

一年前他告诉小关自己开始学滑板,还将他展示速停和急转的视频发给小关。刷碗就是他们在一个像碗的、有弧度的坑里玩滑板。

"是碗池，不是坑。"小民不容许她说那是坑。小关羡慕小民滑动的敏捷和灵动，节奏分明，腾空时身体充分信赖一块木板的惯性与分寸，仿佛切进了世界的横截面，仿佛在倾斜的世界巡游。不过她觉得，要是轮子能静音就更完美了。

小民的技术与熟练程度让小关感到惊讶，她不禁想象，要是她来干这件事，大抵永远都学不会。看来弟弟已经发生了翻天覆地的变化，早已不是听到恐吓就吓得哇哇叫的小孩。

那次恐吓事故发生的时候他们在钓鱼。

一个小水塘，上游有源源不断的水流从骨质的岩石上注入进来，充盈的水在塘里转几个圈，随波纹和清风再从小石子间消溢而去。在数十公分的深度里，清水自由、灵巧、活泼，甚至充满灵感。鱼总共有五条，孪生一样，在水底的树荫里游荡。

"你不懂，我们大人看到野鱼都想据为己有。"小关说。怎么吃、吃不吃都是明珍需要操心的事情，他们只要聚精会神把鱼弄到手就能收获乐趣。小关把泥鳅挂在自制的鱼钩上，再将鱼钩沉入水中。饵料上新鲜的泥土从它们皮肤的褶皱里漂散开去。小鱼观察片刻，争相凑过来，头一翘便将泥鳅叼了去,碰都没碰到鱼钩。

以往每次捕捞都其乐无穷,不过那回,鱼条条饥饿又精明,仿佛多次吃过那根金属的亏,迟迟不咬钩。她毫无所获,心里颇为焦躁,想做一点立竿见影的事情。她记起长久的积怨,想跟小民算算账,对他说:"你知不知道,你不是爸妈生出来的。暴雨后发大水,水库泄洪,爸用锅盖把你从洪水里舀回来的。你挺可怜的。"

可是从那以后,她便再也吓不住他了。多次捉弄和欺骗后,小关耗尽了她在弟弟面前的威信。

如何把功课做好、考一个不错的成绩对小关来说得心应手。关于这件事,她太清楚应该怎么做了。只要她强烈地想要做成,逼迫自己努力、多花些时间在这上头,那不是太大的问题。不像怎么费力都学不好的学生,她明白自己牢牢地掌握这项技能。然而,那时在和小民沟通的问题上她有些力不从心。从一个暑假开始,小民着魔一般将大把的生活费挥霍在到处游荡上,旷课、打架、玩滑板,他弄得浑身是伤。小关能干成多数事情的傲慢和自得像盐粒落入水中一样,无缘无故地溶解了,而且总是这样,从来没有过例外。这不是下功夫就能解决的事情。她深深明白,又每每失望。

斜坡

"我们不是一条道儿。"小民打断她。

不仅如此,她还要时不时为他解决麻烦。在小民看来,那些麻烦也轻易就消失了,不过是钱的事。钱,早晚有一天他也会赚到,在他看来,小关只不过是顺其自然地走到了那一步。

小关发现,自己身上慢慢挤掉的轻佻、不诚实,甚至卑劣,却在小民身上不断积累。拉帮结派孤立一个老实的男孩儿,欺负级部主任的残疾老婆,破坏街道的垃圾桶。他们的亲密链接将这种羞耻暴露在小民侮弄的女孩父母面前。

"这是什么鬼东西?"小关指着小民耳朵后面的文身,那是一个看起来颇为复杂的化学式。

"亚铁氰化铁,一种颜料。这你知道吗?也是一种解药,能解铊中毒。你什么都不知道。"

"要是你还剩点钱的话,找时间把这破玩意儿搞掉吧!"

他的左脚在滑板上前后滑动,手按住自己的膝盖,将上半身的重量全部压在上面。仿佛女孩磕掉门牙的疼痛传到了他腿上。

"那并非事实,是她自己摔倒的。"小民坚持说。

"你如果没有冲到她面前,她好好地骑车,根本不会摔倒。"小关制止了小民的狡辩。她认为他并没有从那些刷碗聚会中得到正确和丰富，反而在狂欢、错乱、密匝匝的街头磨损了意志和好品行。

医生对这些不以为然，他正集中精力学习针灸技术，每天吃完饭，自己扎自己。

地窖是在一个秋天的傍晚最先开始动工的。

"你要挖一个什么？"小关问医生，当时他正在院子的菜畦边踱步、踩土。

"一个相当有用的东西。"医生用了一个星期，在那里建了一个带阶梯的地窖。宽大的屋檐可以让它免受雨水和潮气的侵蚀。

肯定在开始那个阶段，他属于非法行医。穿制服的人经常来家里查抄药品和注射器。而且，他不打算在近期搞到医师资格。按农民的经验来说，他们不关心医生是不是正经取得从业资格，能让他们最经济、方便地把病治好就是最好的医生。他还可以赊账。有钱没钱都可以先看病，年底再一次性付清医药费用。如果没有足够的钱，可以先把年过好，日期继续宽限。这下，他的医术便被衬托得更高明了。显然，这也是他持续可以做医生的一大原因。

地窖的入口不易察觉。檐下有一口盛麦子的泥缸，废弃的油罐，暂存起来以备日后修房子用的好木头，还有半口袋土豆。明珍有时也会把葱放在那里。等地窖的水泥彻底干透，医生把那些东西藏到里面。在后续的查抄行动中，医生免受了不少损失。

多年以后，电子档案兴起，医生需要将居民的基本健康信息录入卫生网络。小关没事就围在医生旁边打转，她不会同他讲话干扰他，而是沉默地帮他把包装撕开，看他操作电脑，将键盘按得噼啪作响。

小关小时候表情呆滞，不喜欢同人讲话。不过那不是伪装，也不是故意使然。在她看似冷静的表面下，是一颗敏感又好奇的心。她善于捕捉空气里不寻常的氛围，只言片语、情绪变化难以逃过她的眼睛，她一刻不停地斟酌、思考，试图掌握一些她本不该知道的秘密，直到对那个鲜为人知的真相有所察觉。

消毒酒精、医用棉球、采血针这些她都不再感兴趣，她喜欢生物课的小实验，观察小金鱼尾鳍里毛细血管中单行通过的红细胞，用碘液给多边形的口腔上皮细胞染色，她正对玻片、透明洋葱表皮、氯化钠溶液一类的东西着迷，甚至连生日愿望都是期盼能莫名其妙地拥有一台显微镜，虽然看起来一点实现的可能都没有。

在她看来，那个操作简单得很，要是交给她，除了扎指腹采血，别的绝对不会出现问题。她在心里默记了十几遍，蓝色的是抗A血清，黄色的是抗B血清，血滴与凝集反应对应的结果她也已经牢记于心了。

爸妈都是O型血，自己也是O型血，血液在玻片上烟一般弥散。

小民没有耐心等待，他和男孩们沿着水泥阶梯爬到房顶，将小关和医生踩在脚下。在本就胀大的夏天里，他们踩出沉闷的声响，还不时通过漏粮食的圆孔冲屋子里凄厉地哀号："里面的人放聪明一点！快快投降！"

"你写错了。"小关提醒医生。医生转过头来盯着小关。随后，他看着纸上刚刚登记的"O"，与别的豆粒儿般的O比起来，它被写得特别小，仿佛一颗胆怯的芝麻。一开始，小关怀疑自己看错了。事实上没有，小民的反应玻片上，两种血清都出现了明显的痕迹，血液在两滴液体里毫不犹豫地凝滞了。它高调地宣布了自己的不同。在以前和将来，小民都将大概率保持AB型血，不容改变。

"哦，是吗？"经过提醒，医生拿起玻片重新观察。

"我也太粗心了。幸亏你也在。"他用胳膊碰了碰小关。

作为木讷的父亲，他对小关少有亲近的动作。他马上涂掉了原来的字迹，做了正确的修改。随后，他轻松地继续刚才的话题，感叹人的生老病死。在医生的陈述里，表姨夫从来没有在他那里打过针、吃过药，突然就得上那种不好的病。

"让人伤心。"医生说。

当然，在那个时刻，小关没伤心。她正沉浸在指正别人、掌握正确的自满和快乐之中，她只有快乐，没有别的情绪。

许久以后，她还能回想起父亲的眼神。阳光通过梧桐宽大的叶片缝隙，洒落在屋里的地板上，前后晃动。风扇搅打空气，小关因为专注和兴奋，拖鞋里的脚开始出汗。院子里，蓝色的铁皮棚顶被阳光暴晒，晾衣绳上的纱裙、明珍用钩针编织的乳白色茶盘盖布已经掉在地上，构树莓红的球形果实被男孩儿们的悠悠球砸落，树荫里满是诱人甜腻的果香味道。医生表情奇怪，仿佛早已洞悉一切，又不容易被识别。那不是表面看起来的夸奖鼓励，也不是被拆穿的紧张不安，或者命令、乞求，都不是，那看起来像打了折扣似的暗示与拜托。

在那件事情上，他们齐心协力，志同道合，守口如瓶，真的毫无障碍地把它做成了：成为一个有男孩的家庭。

小关早就有所耳闻，她们在游戏秩序中，已然开始模仿现实，相互倒腾自己的"孩子"。有天，大宝指着集市卖蛋糕的女孩，对小关说："她是我姐姐。"是亲姐妹，却有完全不同的父母。那个女孩脾气不好，常年考倒数，按照那个进度，她绝对上不了高中，但她做蛋糕却有用不完的主意。在集市上，她紧皱眉头，向围上来的孩子们介绍十几种口味的蛋糕和点心。

等小关明白家里的事后，曾经反复思量，她实在很难去评判他们的行为。没错，祖母确实会无缘无故地不高兴，每次发作，好似处在深深的忧虑和不满中。她满怀愤恨地用一块碎瓷片削土豆，"仿佛在刮我的皮"，明珍这么形容过祖母那个用力过大的动作。那么，医生算是一个坏人吗？小关马上想到一件事情，来反驳这个想法。有一年春天，他把街上的流浪汉叫到家里，免费为他治疗皮肤癣。还有，明珍呢？她事先知情吗？又是如何接受呢？他们下了多大的决心，才去做了这件事的第一步？他们的草率决定是在努力把握各自的生活吗？

然后，小民来了。

等他上幼儿园，祖母还时常开他的玩笑，"来，奶奶给你打个响蛋。"说这话的同时，她的手已经准备伸进他的裤裆。小民害怕这样被戏弄，仿佛两颗温热的睾丸还没准备好，真要像玻璃球碰撞一样发出清脆的响声，并且疼痛万分。他本能地、烦躁地拒绝祖母粗鲁无礼的要求。而对祖母而言，在充满危险的动作里，隐匿着她残忍的炫耀与满足。

明珍曾经威胁过小关："你要是不听话就把你扔了。"小关清晰地记起那种担心，她不敢想象那时没有家庭的庇护要怎么生活。她对陌生人充满恐惧。因此，在整个童年时期，她都盼望快点长大，去高楼上班。家庭牢不可摧。再长大一点，小关才坚信自己不会被扔掉。她像弟弟一样安全。不像一些过分的乡下家庭，家人没有偏重男孩，他们尽量平等地对待两个孩子。甚至祖母也是如此。她将槐花撒进鸡蛋面糊里，给孩子们煎松软的槐花饼。那种槐花饼一年才吃一次。小关碗里明显要多一些，祖母公正地认为，他们的年龄和饭量成正比。在小关有自己的想法以后，对她出生在一个文明、现代的家庭并不怀疑。

在相安无事的消磨中，明珍打破了貌似永远都不会结束的平静。年复一年，在麦茬的缝隙里播种玉米，搒掉红薯田垄上茂盛的野花野草，往菜畦里浇足够的水和肥料，将干热的米粒在暴风雨来临前的大风里，装进粗麻布袋，再挖一个比墓穴小一圈的地窖，让白菜萝卜温暖地过冬……一家人的生命在此间耗费。那时小民刚刚开始读小学。医生和明珍把白薯切成薄片，均匀晾晒在地里。等薯干被完全晒干，再一片一片将它们捡起来装进袋子，储存或者卖掉。他们齐心协力捡完一半山岭时，明珍将袋子里装好的薯干全部倒了出来，发疯一样扔得满地都是。之后，她去了成都，跟表姨一起在服装厂打工。祖母在明珍走后的第三年春天去世。

小民打来电话，小关告诉他，明珍在京。小民说放假后他也会来一趟。小关问他是否直接从学校过来，小民说，不。

"你从哪儿来？"明珍在旁边大声问他。

"从崆峒岛，从崆峒岛来。"

"他从哪儿来？"小关问明珍。一直以来，她都在求证男婴从哪里来。之前，她曾一厢情愿地认定，如前面她的玩笑里，小民真是捡来的孩子。电视里都那样演。有人丢弃婴儿，明珍和医生做了好事，收养了他。不可思议的是，

斜坡

明珍明明挺着肚子去了医院。

"我睡着了。"明珍说,"生个孩子比生拖拉机还难。又累又困,白天就睡着了。等我醒来,第一件事就是把奶头塞进婴儿嘴里。"明珍说,他不哭,闭着眼睛,用小手揪抓他的肚子,骗人一样漫不经心地吮吸。

"奇怪的是,我并没有马上发现婴儿被交换了。奶奶给他们穿了相同的衣服和小帽子。她在四点半的时候,像往常一样进来问我:'晚上你想吃什么,莲藕排骨汤,还是山药乌鸡汤?'"那时,明珍已经在换尿布时发现了恐怖的、不可变更的事实。并且,她艰难地冷静了下来。在祖母面前,明珍反而似弥补错误一样安静。

"她被送到哪儿去了?"明珍问祖母,她的声调也许虚弱、坚定、不容忽视。除了一丝轻微、不易察觉的颤抖,口气跟平常没什么两样,就像她问"可不可以别做骨头汤,如果蔬菜充足的话"。恐怕还有歉意和乞求,因为给祖母添了麻烦,让祖母来帮忙,让她冒险去做婴儿的交易。但送走的是她的女儿,她必须要知道她被送到哪儿去了。那至关重要。小关明白,在那意味深长的瞬间,明珍与祖母正处在一场一触即发的溃散与瓦解中。

"我们没有收钱。"明珍对小关说。大概她想要澄清,孩子不是一场买卖,她被当作一件礼物赠送给湛江的一家远房亲戚。他们夫妇没有孩子,他们会好好疼她,一个还没有睁眼的女孩儿。小关琢磨,这件事情无论怎么美化,都经不住细细思考和追问。但是,在明珍确凿无疑的语气中,没有一次将她那样做的理由若有若无地指向祖母,或者医生。

"我没有问奶奶那个问题,我犯了一个不可饶恕的罪过。我只想到我的孩子,没有在奶奶转身去做晚饭之前,问她那个问题。这不可原谅。"

"什么问题?"小关说。

"就是你刚才问的,小民是从哪里来的。"明珍没有解释这其中的缘由。小关猜测,也许是因为直到小民躺在他们家的床上,喝了明珍的奶水,明珍还只是把他当作一个家族荣誉的工具,一个威武有力的男婴,而不是一个普通的,也需要哺乳的孩子。

几年之前,当小关认为有必要把这件事情告诉小民的时候,她发现令她担心的忧虑和苦楚已经来过了。那时的小民跟老师到处写生,专心画画,坦率、独立、果断,雄心勃勃,对他人充满宽恕之心。

"你看,光从四面八方来。"小民评价小关的画,画里玉簪花在草木深处盛开,他没有立刻否定小关三个小时的成果。

"阴影的面积和方向不真实,画之前应该先想一想。"小民继续说。

小关与朋友在一间画室付费体验画了那幅画。从很早之前,小关就明白,同小民比起来,她保守、理性,只是善于掌握和运用早已存在的定理和公式,但缺乏耐心,过于循规蹈矩,不善于创造新东西。而且,她远没有弟弟对艺术的才能。

"她在一家化工厂工作,主要生产便宜的普鲁士蓝。偶尔靠子宫赚点外快。"他对小关解释,"这个人先后卖过三个与不同男人生的孩子,据说就是在舞厅薅个种子。世纪初被逮捕,后来不知道是自杀还是车祸,死于一辆水泥搅拌车的撞击。我不想再找什么来路了,你要明白。咱们三个,除了能坐着打会儿斗地主,什么也干不了。"他半开玩笑故作轻松地说。

"所以,咱们不一条道儿。"他用这句话总结。不是以往的郑重申明和劝告,而是有一些不易察觉的卖弄和难为情。

小关从那时就知道小民的来处,她不明白一开始自己为什么那样问明珍。兴许她想从明珍这里得到更清晰的确证。她劝说小民不要到处惹事儿的时候,小民曾经对她说:"不要多管别人的闲事!"他走出家门,又从门缝儿里对她说:"咱们不一条道儿。"小关觉得,他说的不是别的,就是在讲这件事。

伴随明珍而来的,是一股味道。不是明珍身上的气味,可它深深印记在小关的鼻腔里。仔细辨认,小关猛然想到,或许是抹布挥发的酸味。在老家,旧毛巾做成的抹布被过度使用,变成破破烂烂的深褐色,挂在餐桌的横栏上,仿佛一串羊杂碎。那块每天擦灶台、擦桌子的抹布,无论怎么发散味道,除了明珍,没有人会去清洗它。

出走之前,她真的那么讨厌一家懒人吗?当时,小关不断地想这个问题。明珍归来,与大家相聚的可能一次次折磨着她。那不是真的,怎么能讨厌,她深爱自己和小民。不过,她走后,不必再通过医生面对世界,她多了直接评价自己的机会。

明珍一到,家里便多了一块那样的抹布。自从她住进这间房子,小关感觉什么东西滴进水里,并无限绵延。

她收了许多快递,大多是成都发来的。粉丝、巧克力、

斜坡　197

蜜饯、老花镜……一个又一个挺括的盒子。

"疯了，我那会儿准是疯了，"明珍说，"你还记得那个盒子的配色吗？番茄炒蛋。我接过那个盒子的时候就这么想过，我在心里打了自己一巴掌，埋怨自己不够认真来着。"

二十年前，明珍将供桌放在院子里，上面摆满祭品。除夕夜，祖先们又回来了，他们端坐神灵虚空的座位。供桌前，有一块奶糖色的天鹅绒棉垫，明珍跪在那里。她的腹部已经凸显出来。夜幕静默膨胀，飘舞的火星在上面烫了一个个短暂的孔。屋宇仿佛一块肚皮，寒冷的灯雾托升燃烧的烟气。明珍的头微微垂落，她与他们对话，虔诚、冷静、神秘兮兮地祈祷，讨要那么多年她盘鸡、雕萝卜的功劳，希望祖先将她孕育的胎体用神奇的力量转化成完美的设想。她在冰冷的暗夜里跪了将近一个小时。说不定她正与他们订立协议，愿意用自己最宝贵的东西作为交换。但那是什么呢？钱财？寿命？尊严？而医生呢，他坐在客厅里看小品，"把大象装进冰箱总共分几步"，他笑得张扬，浑身乱颤。

虽然明珍是跪坐在地上，小关却觉得她摇摇欲坠。她预感到了自己恶毒的想法。她不明白蹦蹦跳跳、明亮正直的母亲，为什么会愚蠢地跪在那里。她愤恨于母亲疲惫可怜、卑微又享受的样子。真是让人厌恶。她甚至想拿起鸡毛掸子，抽打飘浮在烟气里的男童子，把他们全部赶走。

然而，明珍没有觉察小关的威胁。没过几天，她花大价钱请了神婆，抱回一个红盒子，上面盖着姜黄的丝绒布。番茄炒蛋。小关对明珍的七弯八绕、百般暗示并没搞明白。后来她直接叮嘱小关，不要揭开这块黄布！被人偷看便不灵验了！千万不要动它！盒子放在他们卧室的床头，小关想象，到了晚上，明珍就变成一只母鸡，蹲在盒子里孵化什么蛋之类的。只要进到卧室，她便感觉有股力量把她牵引到盒子旁边。她不敢轻举妄动，她对明珍和医生的郑重其事充满敬畏。

后来，弟弟出生后，她曾一度想不起盒子的事情了。

"我看了。"小关对正在拆快递的明珍说，"我太想知道里面是什么了。我隐约明白你们为了什么事情在费神儿。我以为里面会是个布娃娃，不知道为什么，我笃定里面是个布娃娃。"

"不是吗？那是什么？"明珍惊讶地问小关，因为她也不曾看见，盒子在放满一个月后按照叮嘱被掩埋了，"我以为是酒盅，因为我看见那个人拿酒盅了。"

斜坡　199

"不是,出乎意料。只有一张小卡片,十分浪费盒子呢,空空荡荡的。卡片上烫着流线底纹,有笔画的符。中间是一个圆形,雪米饼那么大,还有三个野草莓般的绒线球,均匀地粘在圆形外围。像什么呢?"小关想了一会儿说,"有些怪诞,像三个人围着桌子吃饭。"

那张卡片崭新,带给小关灵异诡秘的形式感。她拿起来观察片刻后,不可思议地将它夹在右手食指和中指之间,把它当作扑克牌飞射了出去。她刚学会掌握飞牌的力道和速度。二者缺一不可,她在心里默念。也许受绒球的影响,卡片并没有旋转起来,她完成了一次失败的表演。

"只怕是我看了,所以才不灵了吗。"小关试图说些什么。不是你的罪过,本来就不是谁都能万无一失应付好的事情,不是力所能及的事情。有谁能保证每一个关键时刻所做的决定和选择都是正确无疑的吗?不能。没有人。没有人能精确无比。

多年以后,小关终究还是见证了他们因为新生儿的性别和某种尘埃落定带来的悲戚。一切不可挽回,她不自觉地归咎于自己。是的,她看了。她偷窥了盒子;偷窥了祖母小心翼翼在柜子暗格里存放虎骨;偷窥父亲藏在凉席底下的相书,借由上面写着的男女面相与性欲之间的关系,完成第一次满意的自慰。她是个不折不扣的偷窥者。

"说不准就是好奇心，才让你有了今天的成就。"明珍感慨说，她的声音低沉认真。明珍看都没看小关，让小关凭空的忏悔和歉意显得有些轻率和多余。"成就"，小关不太适应这个隆重的词，她哪里有什么成就，她想像明珍和桑叶婶婶那样，把这个词戏弄一番。但她忍住了。

最后，明珍还是容易地觉察到了。即使小关不愿意向明珍展示下沉的部分，她还是没费多少力气便觉察到了。

"之前一直没发现吗？"明珍问。

"没有，月经不怎么规律。"小关说。

毫无疑问，小关并没有告诉明珍她与那个已婚男人的故事。她深知，明珍对放纵和享乐始终心怀戒备。

明珍康复，小关觉得是时候了。她做好了一个重要的决定。现在，她可以安心做一个病人，借用母亲手术的假期，完成自己的修养。

"我可以去和他谈谈。"明珍说。

小关拒绝了，说他们没有可能结婚，她想要赶紧处理掉这个意外到来的麻烦。

"他长得可并不好看。生出来会是个丑八怪。"小关半开玩笑地说。

"人不能只看外表,也说不定会像你。你要是留下,我可以来给你带。"她的语气里听不出期待和劝说,这只是个可行的建议,而且她只说过那么一次。

"这个道理我懂,是不能只看外表的,你曾用装百草枯的农药桶来盛饮用水,我也放心地喝了。"小关说。

"哎呀农药在桶里是单独包装的。"明珍解释说。良久,她又补充道:"那只是一个桶而已。"

明珍走后的几天,没有她苦涩、长吁短叹又咄咄逼人的呼噜声,小关睡得不错,但她心里不好受。她反复回想自己有没有照顾好她。答案是当然没有。倒是明珍,她在照顾小关的时候,发明了说不完的幽默话,时不时自嘲,顺带也嘲笑小关。

那几日,小关记起以前明珍难熬的日子。她屡次堕胎后躺在床上,强颜欢笑地与别人聊天。还有她的乳房,它们没有任何孩子的嘴巴来吮吸。奶水丰盈,实在鼓胀得难受,双手轻轻一挤,便有一股奶水射出,果断的直线像一根白色银针,看上去很疼。她要躺许久才愿意下床走走。那是一股邪恶的风气,吹得人躁动不安。在做决定时,他们裹挟其中,得到潮流的庇护和对罪责的开脱,更容易骗过和说服自己。小关知道，在最后关头，他们已失败多次。灯枯油尽的时候，明珍就去劳作，去地里薅草或者在厨房做饭。盐和土是她的出路。

然而，糊里糊涂被换了孩子，明珍却过于隐忍，没有斥责，没有抱怨，她世故、粗俗的活力和能量全部安静得有些异常。在同样静得出奇的冬夜里，小关突然报复性地猜想，错了，她肯定听错了，大概那是一场合谋，是一份预先定好的协议。明珍询问祖母的，不是"她被送到哪儿去了？"她心里的崩裂和塌落不是发生在那个下午，而是在下定决心和暗许运作的更早之前。她的问题其实是"她被送到那儿去了？""那儿"！这不再是疑问，而是确认。

那又怎么样呢？她的主动同意中暗含多少隐形逼迫的成分？小关知道，明珍没有那些支撑骄傲不起来，日子会变得不好过。她正与自己短兵相接。

直到这里，小关自认为理顺了明珍的逻辑，不过，她也明白，她常常高估自己揣测别人的能力。明珍将那些虚幻的倒影告诉小关，是不是祈求她的宽容和安慰。她或许是在那个方便的时候向一个人忏悔，这个人随便是谁，她要把一切坏结果扩散的缘由悉数收入囊中，足够温顺、屈服，真心实意地向她讨要最严厉、最刻薄的批评与责难。

通通给我吧，泥沙俱下地给我吧。

小关躺在手术室时，为了不那么害怕，她时刻想着明珍就在楼下，哪里都不会去，无论发生什么，她马上就能知道。

她果真一直等在那儿，抱着小关的红色小皮包。

那天下午，一切结束，小关坐在出租车里时，太阳已经落下去。明珍请司机升高了空调温度，让小关抱着她的热水杯，帮她贴好暖贴。可是，小关的肠胃一阵痉挛。她还是迫切想要一点别的什么热乎的东西。什么都行。

明珍掏了掏包里，毫无所获。她拿出里面的试卷，还有一支笔。纸上印着各种各样的线，根号、几何体、坐标系，明珍一个也不认识。她顿了顿，深吸了一口气，拔开笔帽，开始在试卷的空白处画起来。

一个椭圆代表一个碟子。

首先是汤，热汤，奶油蘑菇汤，小关最爱喝。炸猪排，芋儿烧鸡，铁板腰花。开大火，多放油。红烧肉，入口即化，颤颤巍巍的。还有一锅冰糖雪梨汁正飘雾气……明珍画了一张桌子，安放她刚刚炒的暖融融的菜。桌边画了三个简陋的人，细长的腿和手。蒸一屉鸡汁笋干包子，馅儿要汁水饱满，一揭锅盖，表皮挂着酱油泪。小民喜欢。要有小青菜，沥水时要仔细看着，不能被鸡啄了。明珍唰啦唰啦地画。不知道她中意什么。等找到她，好好问一问。就做一道最拿手的，清蒸鲈鱼，不要鲈鱼，她要像你爸过敏肿眼泡就不好了。希望她长大不要随你爸，脑袋圆，像一个油罐，疯疯癫癫，一句真话都没有……最后是一道大菜，干锅麻辣牛蛙。好了，真是一顿丰盛的晚饭。玉盘珍馐。十全十美。

早上起来，外面阴着天，小关期待下场雪，连路面都可以盖住的大雪，城市里这种大雪也真是稀奇。那锅仿佛已经属于明珍了，几年加起来，她使用的次数都不如明珍多。小关用它煎了鸡蛋和火腿，把面包片放在烤箱里烤了四分钟，倒了牛奶，吃了美美的一餐。拉开单元门，她将围巾系上。

从公园的海棠树林绕到地铁站，还是没有下雪。

"当时，还没有察觉自己的鱼缸里又养了鱼呢。"明珍是这么说的。她一点也不知道自己怀孕了。

白色朗照冬天。明珍拿着扫帚站在那里，雪花轻盈明亮，纷纷扬扬落在路面上。那里积累了足够厚重的雪，仔细看的话还有细腻的小波浪。她没担心滑倒，大步往前走，鞋子踩在雪上咯吱咯吱响,似谁咬紧了牙关。有只漂亮的小鸟落在街道尽头,也许是只戴胜,它在雪地上留下了新鲜整齐的脚印。

她感激地望向那里,长长的斜坡好像撒满了面粉和酵母,它们全部免费。为此,她在心里尖叫,感叹人生真是美好啊,仿佛脱胎换骨了,仿佛日后全是轻松和自如。下雪的清晨给了她能量和警示,她发誓,从那以后要心肠慈悲。

"然而呢,打那儿起,我就再也没有过那样的时候了。"明珍说。甚至,那种感觉也只存在了吃一个苹果的时间,到下午她便因为炒锅残留的鱼汤味而抱怨,下了一天的雪把鸡舍压塌,她将鸡群赶出来,频频叹气,让老天爷开开眼。

不过,她让小关一定要相信,在当时,她是多么的兴奋又贪婪。拿起扫帚马马虎虎扫了几下,就把它扔到一堆干柴上。她躺了下去,在那个富足的斜坡上。她准是饿极了,想着一会儿回到热气腾腾的屋子里,一定要向里面的人生气地撒谎,告诉他们她一个人扫雪有多么辛苦,并好好地把他们每个人都骂一顿。

草莓时刻

连续几天黎明时分,周宜起夜经过飘窗,总看到同样的几只苍蝇,痴痴地停在玻璃上。不飞,只是爬。第一天她用纸巾将它们一一拍死,扔到马桶里冲走了。第二天发现晚了些,天微微亮,苍蝇积攒了活力。她开窗,用花瓶里的孔雀翎和干芦苇把它们赶了出去。第三天,苍蝇再次"复活"。她感到不可思议,仿佛被一股神秘的算计所控制。

飘窗上别无他物,只有一个粗口的红陶泥瓦盆。

前一阵,她带着花盆去小区的白皮松下,挖了一些沙土,回来浇透水,把女儿想要栽种的种子埋进盆里,放在飘窗上。

种子也算免费的,是她们吃波罗蜜留下的。女儿从小生活在北方,从没见过波罗蜜,果实的种子圆润湿滑,像被激流磨蚀的石子,或是一种小鸟的蛋,这引起了她的好奇心。她想知道,如此精巧的种粒会长出怎样的叶子。今年，她六岁半，正对一千片的布达佩斯大饭店拼图用心。跟她不太一样，女儿轻易爱上什么事情，又快速地遗忘它们。现在，除非花盆里长出碟子那么大的苍蝇，否则不会再得到她的关注了。

当时他们正向河谷开去，在那里把骨灰撒掉，周宜对耗子说起这件事。

"可能是花土，"他说，"你回去找一个透明的袋子，罩在花盆的边沿上，口儿用绳子扎住。第二天，看看袋子里是不是还会有。"

对啊。周宜突然觉得他很聪明。当然，她也想到了罪魁祸首有可能就是那盆土，她将一些猫猫狗狗的粪便，或者虫卵一起带上来了。可她没有一下想到如何证明，总不能一整晚不睡，看那些幼嫩的小东西从土里生出来，那让她想到刚蜕皮的螃蟹。找一个透明的袋子，没错。

接到父亲去世的消息时，周宜正蹲在主任的茶几前面，完成一项特殊任务，旁边放着她的拖把和抹布。

桌面上，有个太阳能的爱因斯坦摆件，右手持续地敲着头，她从口袋里掏出食堂带的半块桃酥，盖在了爱因斯坦脚前的电池板上，它果然停止思考了。是一本老干部的书稿，有一块砖那么厚，页眉右上角都有指甲盖大的一块地方用胶水粘起来了。从她进来打扫卫生，主任拿过书稿用了不到五分钟，读了其中几页，翻了翻，便把她叫过去。她让周宜撕开那些粘连的纸张，好表明她确实每一页都看了。这样，作者收到退稿时情绪不至于那么激动，也不会有人再来找麻烦。撕完给收发室老刘，原地址寄回。主任出去前这么吩咐她。

周宜幼年时，曾幻想成为一位作家。通过不断训练，她可以用文字调兵遣将。中学时代在本地晚报上发表第一篇铅印作文。接着她会慢慢出书。之后的事情就顺理成章了，她为自己编造了一个最满意的结尾：书被盗版翻印，在市场的书摊售卖，抢购一空。无论是谁，卖肉的、绣花的，都能从中悟出真理，得到启示。

挂掉电话，加湿器里的水呲呲雾化，在中央空调出风口形成对流，一滴水落在桌面的香薰蜡烛上。显然，周宜没有想象中那么冷静。大概十分钟后，她做完了这项工作。他死了。这个早已料想的结局让她心生宽容，似乎书稿是他写的，她重新拿过来，又核对了一遍，确认纸页都撕开后，才起身休息了会儿。桌子上的口红她不想试，味道奇怪，有点像痔疮膏。她挑了一管玫瑰味护手霜，擦匀，满

草莓时刻　211

意地闻了闻，当作这项额外工作的奖赏。

她不那么烦躁了。父亲帮了她最后一个忙。

这几年，周宜也没怎么回去过。到日子往一个固定的养老院账号打款，除此之外，她与那里的联系，仅剩订阅号里偶尔弹出来的消息。在手机屏幕上，窄窄的一条缝。客运站、旅游区、人社局、市场运营通告，还有她的母校。她小学没读完就离开那儿了。一个偶然的机会，她关注了这些公众号。长久以来，她从不刻意查阅它们，只是正好弹出时，她会打开链接翻一翻。学着主任开会的腔调，嘲讽推文里出现的表达失当，夹杂自负和骄傲地点评并修改一番。

在回家的路上，她就做好了打算。女儿托邻居奶奶照看，一切从简，好尽快赶回。因为周一会有大量快递的废纸箱被扔在垃圾桶里，那些完成校对使命的废纸稿也等人清理，这个赚点小钱的机会还是不要让给别人。

没有更早的高铁了，到站要将近午夜。不过第二天可以早办事，能尽早完成那就最好了。出发前，周宜预订了一家宾馆，虽然比较偏，可是正在打折。白天，养老院将父亲送到医院。几个小时后，他因为呼吸衰竭宣告死亡。他们说没有联系到别的亲人，只找到了她。周宜告诉他们，他没有亲人，你们找我是对的。

到达已经半夜，没有出租车接单跑三十公里外的县城。出站被一众黑车司机包围，她走向一辆黑色的比亚迪。这辆车的司机让人更加信任，他站在车门边上，不主动招徕顾客。

周宜跟他说了地儿，问他走不走。他迟疑几秒钟，深吸一口烟，把烟头扔在地上踩死，下巴一抬示意周宜上车。

驶出城区后，光渐渐少了，后视镜里的红绿灯越来越小，过了一个下坡，彻底看不见了。没有路灯，三车道变为单行道，玻璃外是逼近的黑暗。偶有一辆车驶过，远光灯直射进车内，灯的轮廓久久不散，追着眼睛走。周宜后悔，反省自己做错了决定。这是在冒险，她其实不必非要坐这个班次的车。早回来一天需要承担的代价太大了。

此刻，这人可以做任何事情，他停在旁边的树林中，拿出一把刀，把她肢解都是安全的。还有行李箱。她太清楚了，箱子里的东西如果出现在凶杀案新闻里，她作为受害人，会遭受什么样的非议。为了不被女儿翻到，她把振动棒藏在了箱子的夹层里，走时忘了拿出来。山鸡。这是本地人对荡妇的称呼。是因为它身上张扬的五颜六色吗？可五颜六色的是公鸡啊，母鸡很朴素的。

草莓时刻　　213

恐惧盘旋不散，仿佛外科手术般让她疼痛颤抖。

她竭力遏制这股绝望，一动不动，生怕任何声音和动作会让他做出什么决定。一直走，不要改变，她在心里默念。她开始期待，马上会闻到一股气息。两地的中间点上，有成片的养鸡场，鸡粪的味道或许能让她倍觉安慰。

此外，她准备拿出手机，温习一遍遇险求救步骤。

"你没认出我吧？"他突然说话，"我是耗子啊。"

周宜记得耗子。她当然忘不了是如何认识他的。只不过太久远，她回想起来非常不真切了。

读小学时，朋友们都在课桌里养一些奇奇怪怪的东西，小巴西龟、蚕、海绵宝宝，周宜想养一些特别的东西。办公室的外墙角处自来水管破裂，常年有积水渗上地面，长了苹果绿的柔软青苔和一些开花的荠菜。周宜用小刀割起一块苔藓，托在掌心里。

"你放里面，盒子要生锈的。"父亲敲敲玻璃，打开窗户，制止她在铅笔盒里放乱七八糟的东西。

操场的北边是两排平房，前排基本是教室和办公区，活动室、图书馆、实验室和幼儿园都在后面。以前的器材室腾退后，改成一间教室，和图书馆挨在一起。靠着几棵年老的圆柏，春天飘散的花粉让周宜打过成千上万个喷嚏。所以，课间他们不会觉得特别拥挤，因为除了小广场外，还有宽敞的活动场地可以跳皮筋，带日期的胜负核算用粉笔记录在台阶上。乒乓球台需要抢占，沿板砖挖的弹道却是共用的，开挖的几个人都是高手，他们随时欢迎新人带来成色更好的玻璃弹珠，然后输掉。爬树小队规则简单，低矮处的树干已经比楼梯的瓷砖还要光滑。只要规避好老师和保卫处的目光，他们可以一直向上，直达潦草的斑鸠窝，去送火腿肠。秘密的游戏和交易则在教室后面的铁棚车库进行。

周宜的教室离厕所最远，去方便、做操、上体育课，要穿过前排十二个房间正中的一条过道。可惜它宽不到一米，毛细血管一样，只能允许人单行通过。现在想来，他们叫此地"隧道"非常不合适，它都没有一个遮风挡雨的盖子。

隧道里发生过不少流血事件，大都是因为男孩儿的上墙表演。他们双腿各蹬一面墙，手脚并用，速度很快地攀升。再用嘴里咬着的铅笔，在新纪录的高度留下自己的名字。据说，有一个低年级的小个子，可以一直上到屋脊那么高。但凡有一个人骑在隧道上，就成功阻隔了所有同学。

没人愿意屈居胯下，钻别人的裤裆。也有别的路可供选择，但从过道走可以节省宝贵的两分钟，他们要争分夺秒地玩。

由此，大家发明了另一种有关屈辱的游戏，男生不能站在女孩儿的正后方，否则会被她们的"大炮"轰炸。所谓的"大炮"，就是她们的屁股。班长喊完起立，所有男生都会自觉另站一排。如果不这样做，还会被反复提醒和嘲笑。周宜倒希望这能成真，把这些弱智的忌讳制定者炸得大叫奶奶饶命。

父亲的办公室在周宜教室的斜对面，紧挨隧道，前廊上经常有罚站的学生。周宜在学校不属于讨老师喜欢的一类，可班主任和任课老师都没有为难过她。这一身份还让她虚涨几分在同学中的威望。甚至有传言，她会提前知道所有科目的期末考试题。后来，她用实际行动把这个谣言攻破了，她的英语和数学成绩根本没及格。这下，也还了父亲一个清白。

靠门的桌子上放着学校的广播器材，拨开缠绕的线圈，才能找见工会发的几盒假祁门红茶。每天午饭时，会来两个值班的学生，他们埋头在双红线信纸里，挑选可用的稿子，拿腔拿调地用话筒扩出去。周宜见过几次后，知道他们有权力决定使用哪篇稿件，被选用的稿件可以为班级加分。意见不统一时，偶尔会传出小声的争吵，生气和亢奋让他们的脸变得通红。有的班级为了凑够规定的数量，送来的稿子里抄写了歌词和药品说明书。纸张太多，被翻得乱七八糟，他们好像窝里忙碌的母鸡。

家离学校还是有些远，她有时在办公室补作业，或者什么也不干，等到父亲忙完，她能搭他的自行车一起回家。她不吵，也不怎么擅长跟老师们讲话，无聊时便坐在那里描红。

大部分时间，周宜都在观察几位老师的举动。她会将格外典型的细节讲给朋友们听，再一起给他们起个能广泛传播的外号。语文老师喜欢叫学生来表演背课文，信息老师自费在自己桌上安装了大屁股电脑。数学老师，也就是周宜的父亲，下班要去食堂打两个小时够级，才会重新出现在门口。另一个数学老师因为被调岗，需要兼职音乐教学，正苦练电子琴。角落里那张桌子的主人是一位新入职的体育老师，他的桌子过分干净，除了几支散乱的笔、一把刻刀和一个用来喝水的罐头玻璃杯，别无他物。据说他家就在附近开五金店，学校打了预备铃，他才从家里来上课，办公室几乎见不到他人。所以，父亲有工作时，周宜就在体育老师桌上写作业。

草莓时刻

几个月来,周宜都没怎么见过他。有一个星期五下午,她正往那个罐头杯里抖头皮屑,他进门了。

"你得帮我的忙。"他急匆匆提着一包鸡蛋过来,跟她早就熟了一样。

他让周宜把左边的抽屉打开,拿出个一厘米左右宽的方形小章、一盒印泥。里面还有一张身份证,显老的照片旁边印着名字:范遥。按范老师吩咐的,周宜把鸡蛋从网兜里取出来,一个一个摆在桌上。

玉兰花还没开,柳条刚刚泛黄,周宜还戴着奶奶织的彩虹脖套,范遥已经换上了牛仔外衣,里面只穿一件浅麦色的竖条纹衬衫。脖子和喉结暴露在干燥的空气中,领口的摇头扣随着他的动作,发出金属的窸窣声响。

印章是一块玉质的石头刻的,但周宜觉得应该不会是玉的,她知道那东西贵重。范遥将印泥盖子打开,章轻轻一蘸,盖在鸡蛋腰上,吹了几下。周宜拿过来细看,两个字:精选。白底红字,蛋立马高级不少。

"这一番工夫,你能赚多少?"周宜问他。她听说,每月1号,他母亲会第一个跑到学校计财处帮他领工资,并管理。

据范遥讲,他妈爱买超市里印有"精选"喷码的散养土鸡蛋，价格虽贵一倍，可广告上说那是南山里养的，天天吃虫，橙色蛋黄，营养更丰富，吃一个顶俩。而他认为都差不多。为此，他仔细研究，专门刻印了一枚小章。接到买蛋任务时，就从市场买几斤，来办公室盖章，剩余的钱可以买一星期绿箭口香糖。

抽屉里还有几个小章，周宜拿起来，在作业本上浅浅地印，好几种鸟。还有一双拖鞋，范遥说是刻废了，改的。

"你想要一个吗？我做了送你。"范遥用卫生纸擦了擦手上的印泥，但食指还是红色的，"你想刻什么？"

"我不知道。"周宜说。

"那你喜欢吃什么水果？"他问她。

"甜的，水多一点的。"周宜说。

她用指腹按压蛋皮，早盖的几个蛋，印泥彻底干了。

"不会中毒吗？"她问。

范遥说不会，他家从来不做煮鸡蛋。

市运动会前的每天早晨，范遥会在操场监督参赛学生的早训。每项训练，他都和学生们一起做。在周宜穿越隧道和操场去厕所时，他基本已经开始出汗了。黄色T恤洇出一小片深色的湖泊，脖子里一根蓝色宽挂绳下，垂着他

草莓时刻　　219

的银色哨子。

他教低年级,不带她们班的体育课。她的体育老师外号叫"长白",一类猪的品种,又长又白,不爱动。

周宜故意在他们跑近才穿过跑道,准备好表情与他打招呼。可这些工作都是徒劳,他根本没有看她,冷漠地跑过她身边。一队人抛掷的喘息,似雨后泥土里升起来的气味。

上周,他还在教她转圆珠笔。他的身体协调均衡,连手指都能随心所欲。笔在指尖灵活绚丽。

"只会用到四个指头,要靠这一下的作用力,让它转圈。对,要让它听你的话,转完就回归原位。"他为周宜分步骤讲解,清晰明白。她为自己的笨拙羞愧来着。"你看,中指是它的支点,无名指发力推动,食指拦住它。就好比追兔子,既要撵着跑,又得堵着它。围追堵截。"

"你是个人才。"他毫不吝啬赞赏与鼓励,"除了这么转,你还可以这样转。这样。好几种转法。"

随后,周宜入选六一节舞蹈队,音乐老师让她带队在操场晨练。她终于名正言顺踏上了操场,她期望了好多次的早晨的操场。为了表现得不那么盛气凌人,她会站在队伍的最后。她没有忘记自己的权利,她决定大家要跑几圈,跑完压腿还是下腰。

早晨妙不可言。她在凉爽的晨风中迈开步子，搜集所有投向队伍的疑惑眼神和关注。她紧紧绷着自己小腿的肌肉，好像有人正欣赏这些微小的力量。去倒垃圾的人，做值日扫树叶的人，抬水的人，甚至是老师，都礼貌地给她们让出空间，做到足够安全。这点特权托举得她有些漂浮。虽然转瞬即逝，但她充分享受了它。

有一天，周宜看见范遥站在办公室的前廊上，招手让她过去。她报复性地装作没看见，不做任何回应。

随后，她可能因为没有做好热身，从双杠上掉下去，摔断了胳膊。直到现在，她的左臂还是明显比右臂细弱，力量也不平等。没有悬念，她缺席了演出，朋友顶替了她的位置，标准优雅地劈了横叉，最后亮相，后腿搬起，脚背绷得惊人。她哭了一场。

周宜走路的姿势不太平衡，因为左手还被绷带吊在脖子上。她拔了一根香蒲，用它抽蓟草紫色蛛丝状的花伞，看它们断头般瞬时涌出白色的浓稠汁液。

范遥有观鸟的喜好，而她似乎只见过麻雀和喜鹊。他征得父亲的同意，带周宜去过一次。骑摩托车出城向东走

草莓时刻

了十几公里,从一个板栗林穿过去,才到达他们的目的地。一片开阔的河谷区,转弯处有大片滩涂和水杉,那里对鸟来说,食物充足。运气好的话还能见到她好奇的翠鸟。

"这几天有没有什么新鲜事儿?"藤条茂盛,范遥在前面走,斩断密实的葎草、牵牛和茑萝。再往前走,他们就到他说的地方了。

"我爸过生日,他第一回切蛋糕,竟然跟切菜似的,横着切了几刀给我放碟子里了,非常古怪的形状。"

"你送你爸什么大礼吗?"他用公事公办的语气问。

"没有,"她说,"他又不是我亲爸。"

周宜希望用点八卦或者什么真东西打动他一下。她觉得他刀枪不入的样子相当讨厌,像始终有面墙竖在那里,她想看看墙那边有什么。她希望范遥极力压制自己的惊讶,搓着手流露出一股冒犯的抱歉。那样,她大概才会满意。然而她想错了。他没什么大反应,想必他早就知道了。

范遥不迷恋拍照,随身只带了望远镜和录音机,到处收集各种鸟的声音。找到想看的鸟,他一动不动看好半天才递给她镜子。他认为四声杜鹃叫的是"快快播谷",周宜反驳了他,她之前听人讲过,那是在说"光棍好苦"。

汛期的河水淹没了一部分杂草和灌木的茎叶,两岸树干隐没在丛林中，繁茂的枝条搭在河的上方，隔空相交，只露出星星点点的蓝色。河水愈发幽绿。一开始，他们一无所获，只捡到一根细长的尾羽，黑白波点，跟她上衣的图案一样。他也不能确认是哪种鸟的毛。等待的时候，他把蚂蚁放在手臂上让它爬。他还会用录音机收录风吹叶子的声音，扬水站和蝉的声音。有时什么也没录，磁带的齿轮耐心地空转。

后来，运气不错，在一片水域等了一会儿，一只布谷鸟出现在对面的芦苇丛里。它非常活跃，精神饱满，调动浑身的力量叫起来。声音圆润通透，轻快又低沉，好像蒙在屉布中。他示意她不要出声，以免惊扰它。于是，他顺利地录到了布谷鸟断断续续长达一刻钟的清晰叫声。

更让他们惊喜的是，这只布谷鸟腾空飞起再落下时，它引导他们看见了近水灌丛里的一个隐蔽的鸟巢。巢很小。范遥说，那是大苇莺筑的巢。大杜鹃，就是这只布谷鸟，经常把蛋下在其他鸟类的窝里。它们连孵化和喂养都不用管，大苇莺包办一切。可是大杜鹃的幼鸟长得快，过不了多久就比大苇莺体形大很多了，巢都装不下，但大苇莺会一直喂到幼鸟有觅食能力。

周宜端着望远镜，正想对大杜鹃的行为发表批评意见，却见它疾速飞起，滑翔再落回时，笨手笨脚地踩到巢穴边沿上，过大的翅膀和体积一下便把鸟巢打翻了。三颗鸟蛋落入水中，溅起微弱的水花。她轻微啊了一声，闯祸的布谷鸟已经飞远了。

在周宜快忘记时，范遥托父亲转交了一个小木盒子，里面躺着一方郑重其事的印章。此外，还有一片宣纸印出的图样，是草莓，红色的，朱多白少。然而，她对红色的草莓并不中意。为此，她特地从文具店买了灰蓝色的印泥。

有段时间，她写了许多信。这枚印章起不到书画作品里锦上添花、调整重心的作用，在她的纸上，它就是重心。她铺好稿纸，抬头盖上蓝草莓，点上一对冒号，就开始喋喋不休地诉说她的想法和心情。叠好信纸，她感谢夜晚带来的稳定和安宁。不可思议地，她拥有了难得的平静。

对此，她有个亲切的称呼：草莓时刻。

亲爱的草莓：晚上好！我同桌讲，钻栏杆的时候，只要头可以出去，身体就能出去。

草莓：范老师对我爸说，周老师，你女儿好乖巧，还聪明，我可真喜欢她。不过，很想让他知道，我打过许多次搞怪的校长热线。

草莓：你好！我调了座位，在南边的窗户那里。我能观测我爸的一举一动。今天范老师在玻璃后面，躺在椅子的靠背上睡着了。他新剪了头发。树荫难以察觉地移动，圆斑点在纸上散步。我用铅笔盒上的镜片把光斑投上屋顶，它们快速地分开又合并，变换奇怪的形状。

现在看来，在那时，甚至更早的某些瞬间，她极度轻易地接受了自己的普通和平庸。并且，她断定世界晦涩，流畅和欢快的事物需要警惕。只不过她还不明白，也不具备将这种感受精确表达出来的能力。

是有一段时间，范老师半个月都没出现。

"昼短苦夜长，何不秉烛游。"这句话周宜看了五遍，还没有背过。她百无聊赖，沿着学校的围墙转。随后她看见了范遥，他进了后勤办公室。花坛边，停着一辆红色大阳摩托车。门外站了一个男孩儿，他抱了一块水苔色的玻璃，不断变换姿势，还想把它顶在脑袋上。玻璃有半张课桌那么大，映着他扭曲的头。

周宜猜测，男孩儿肯定鲁莽地撞上了学校哪个窗户，玻璃碎掉。报完后勤，他们来量好尺寸，闯祸的人去市场割来玻璃，再到后勤处领玻璃油泥，凭自己的手艺去镶上。

自此,她知道了范遥还有个弟弟范浩。大家都叫他耗子。

有天,周宜从食堂出来,机会就那么来了。她径直走到耗子身边,指着他的爆米花问:"你这个,能不能给我吃一口?"

他慷慨地递过来,周宜抓了一大把,塞进嘴里开始嚼。

他们算有了交情。一次,她走到隧道口,见他正气定神闲骑在高处。看她过来,他一时下不来,可贴心地换了姿势。将两只脚蹬在东墙上,两只手撑在西墙上,撅着屁股,恰似一截牛角包。

之后,周宜每次去小卖部,都买双份零食,把其中一份给耗子。一开始他不要,她塞到他口袋里,谢谢他的爆米花。他为了还她人情,有时也会买给她,然后蹲在卫矛和蔷薇边的水泥台上一起吃。他说,我知道,你爸是老师,人超凶的,你家远不远?

周宜一时兴起,想到了一个好主意。她说,带我去你家玩一玩。或许不太好找拒绝的理由,他同意了。

走到五金店门口只用了六分钟。他们家门口有一棵不怎么像样的桂花树,叶子上的灰尘堆积,足以影响光合作用了。她觉得他家的一切早已经与她有关了一样,连屋檐都格外宽厚。店里没别人,只有他妈,她正用皮筋捆钱,在耗子进屋时,警告他不要再用手抠住纱网开门。

二楼是客厅和卧室。餐桌上的郁金香花瓣开始掉落,六根黑瘦的花蕊犹如昆虫的脚,倒立着伸展开来。盘子里放着散装方便面,一碗大概是中午的剩饭,煮鸡蛋拌蒜末。

周宜问他,是你妈煮的鸡蛋吗?耗子说是清明节剩的。他讨厌他妈做菜勾芡,青菜就该清清爽爽。

他向她展示了自己的课桌,左上角刻着他愚蠢又坦诚的座右铭:人不为己,天诛地灭。他问她会不会玩一个算命游戏,她假装感兴趣,让他教一教。随后,他让她伸出手:"我拍一巴掌,你要马上攥起来。"周宜相当配合。他按住她手腕处的大陵穴,说能看出她中午吃了几个馒头。从那里开始算起,左右手的拇指一截一截向上测量,嘴里念着唐僧沙僧猪八戒孙悟空,到臂弯处正好说到猪八戒,但他讨好似的多算了一下,得出结论,她的前世勉强算作是孙悟空。

鬼扯!这是哪门子鬼游戏!她不记得自己二三年级时如此幼稚。

从窗户看出去,后院有一只拴链子的土狗,它似乎辨识到了她的别有用心,抬头盯着她一动不动。耗子开窗扔给它半块干掉的馒头。它的名字叫兔子。

他说,每辆摩托车都有自己的声音,兔子特别厉害,它能认出我哥摩托车的声音。他提醒了她,她可不想只在这间屋里待着,她得出去看看。她说,我要去厕所,在哪里。他带她穿过过道,一边向她介绍,这是爸爸的卧室,这是妈妈的卧室,这是哥哥的卧室。那间关键的卧室,门虚掩着。

她坐在马桶上,想进到那扇门里,带走他的某样物品。当她提上内裤时,她决定改变思路,留下点她的什么东西。为了不让别人发现,她对客厅里的耗子喊,你不尿吗,我们刚才喝了太多橘子汽水了。

而后,耗子进了卫生间。她快速地拉开了那扇门,本能地后退一步。自然,里面没有人。房间整一面墙贴满了大幅的鸽子水彩画,模样她都没有见过。每幅图的底部标注了它们的种类,龙鸽、孔雀鸽、黑眼冰鸽、鸡斑鸽、传送鸽,还有古德意志鸽。中间最大的一幅是白色的蒙托邦鸽,它有贝壳状的毛绒耳罩,宽阔的肩部,颈项短而饱满,翅膀轻松地搭在羽毛上,脚鲜红色。经过夸张的放大,它强壮、果敢、曲线优美。她忘不了鸽子的眼睛,很亮,一种理性的审视、打量，可爱精巧，又警告人保持距离。所有鸽子都从不同角度看向这位闯入者。

她突然想到，刚才在卫生间，一直紧张并集中精力思考怎么做到这件事，似乎忘记了冲水。耗子进去以后，她也没听见冲水的声音。在她的想象里，此时，耗子正对着马桶，将自己的尿液兑进她的尿液里。

阳光下才看得更清楚，范浩的车是深灰的，不是黑色。他告诉周宜是辆二手，出行去医院方便点。

他们兄弟长相差别挺大，他基本看不到喉结。

算起来他应该三十岁了，不肥胖，甚至有点壮，或许一直出卖体力。眼角有些下垂，果断的眉毛拯救了它们造成的刻薄，让眼睛里有了更多的真诚和热切。他没有像他这个年纪粗糙笨拙的皮肤，下巴和脖子里反而泛着光泽，清爽又细腻。这与他发达的肌肉形成了相反的印象，仿佛是长时间没得到阳光的滋养，缺钙或者哪种维生素，从而与黑亮的虹膜对比鲜明。

即将结束行程，周宜来跟他告别。

"你要等我一会儿了。"范浩说。周宜说没问题。

他穿了一件橙色的竖条纹工作服，戴着胶皮手套，脚

草莓时刻

下一双长筒靴子。他正跟等待的客人说话，扫他手机上的二维码。总共有两个洗车位，其中一个停了辆橄榄绿保时捷。他拉过高压水枪，将车表面的灰尘冲洗一遍，喷上清洁剂，再用水枪把泡沫冲洗掉，之后车内吸尘，最后用抹布擦干车面。接着，顾客额外付了钱，让他加了足量的玻璃水。

"你要是想喝水，那边有饮水机，你自己倒。"范浩说。

在如蚁洞的地下车库，周宜已丧失对方向辨认的自信。饮水机是瓷白的，式样老旧，看上去温暖又实用。她靠近洗衣机的时候，被玻璃后面的一双眼睛吓了一跳。那里有一个木质的矮椅，一个老太太坐在上面，毛毯随意搭在腿和扶手上。她戴了一顶粗毛线帽子，上面结着均匀的毛球，穿着一件短款菱形格羽绒服，并且在衣服外面，戴了一副白底碎花的套袖。椅子后面是床。

她指了一下左边的按钮，周宜马上明白了，她在提醒先按一下童锁键。标识字迹磨损，她刚刚并没有看见。

平板上有一条蜥蜴，有小臂那么长，应该是橡胶材质的，做工精细。在她准备凑近查看时，蜥蜴突然动了一下眼睛，向沙发的位置爬了几公分，不太看得起人的神色。

周宜说，洗辆车还挺快的。范浩坐在摞起来的轮胎上喝水，告诉她这种是买保险送的快洗，花不了多长时间。她明白，眼前这个背影是为了生计殚精竭虑的人。

"她好像还算清醒。"她对他讲。

"是，今天没乱，从早上她就认为我是她家的清洁工，到现在还没变过。"

她想起范浩讲的，以前，母亲煮饭，一家人要做两大杯米，范遥走后，她总习惯性盛满，再倒半杯回去。

前日，范浩把周宜送到宾馆，留了微信，告诉她如果有事可以找他。第二天，周宜问能不能来送她去医院。他回可以。

在去确认遗体的路上，不可避免的，他们聊到范遥。她推测，他应该已经在这儿结婚生子，过着普通的生活，教着普通的学生。可能还会去看鸟，也可能不看了。

范浩说："你没听说吧，我哥他失踪了。"他交叉打轮转过一个大弯。

他说，范遥出了事，有个小孩儿在他课上猝死了，跑圈的时候。他的父母把他们家能碎的东西都砸了。他就不太好了。教不了课。有一两年他好像没事儿了，父亲托关系让他去了钢铁厂上班。在结婚前夕，从冬至那天开始，他突然失踪。有人说他见到了那个孩子的弟弟，太像了，所以他有点精神失常。

母亲也有自己的说法。那是几年以后了，有一个管考勤的工人退休后，才跑来告诉她，出事儿那天看到她儿子了，只见他进了车间，却没见他出来。车间内无处遁形。所以，没过多久，母亲醒悟过来，断定范遥是因为意外，掉到钢水包里了。她闹来闹去没有得到任何结果。最后，她还到处找人打听，问那一批钢用到了哪里。

"我感觉都不是。"范浩说，"即使真掉进去了，大概率也是他自己跳的。"

周宜拿出包里的菠萝奶酪棒吃，跟她不一样，女儿不喜欢草莓的味道。

"如果从那会儿起，事情不那样发展，也许他就不是这个下场了。我觉得有一个点，我哥从那个点突然转弯了。急转直下。"范浩说。

"什么点？"

"最开始，他有一个要好的朋友，女朋友，他们在市里买了房子，之后，俩人闹得不愉快，分开了。要是跟她结婚，我哥估计就会到市里，也教不到那个小孩儿了……"范浩说得投入，仿佛出离了一会儿。红灯他急刹停下，回到现实里来,"不过,这种事儿可没办法讲。"

"为什么分开啊?"周宜问。

"他出去跟别人乱搞,既不承认,也不认错。"

"谁乱搞?"

"我哥。"

得到确认后,她心里涌起一阵厌恶和遗憾。她一向对欲望不加克制的人保持警惕。

"你怎么知道?你不相信你哥吗?"

"没办法相信。我见过一次,他的脖子上那样,你知道吧,吻痕。很明显。好多天才消去,他一点不在乎,遮都不遮。再加上别的好些复杂事儿,我其实不了解我哥在想什么。可能我太小了,可能我对他,不像对我自己这么上心。"

快到医院的时候,前方交通灯坏掉,堵了好几里地。走走停停,周宜有点晕车。到医院,找到大夫,弄完手续。她对范浩说,抱歉,我可能需要坐一下。她的腿绵软无力,空调风、深色地板或者冷光灯,让她左臂的旧疾传出酸楚的疼痛。

范浩扶她在门外的塑料椅上坐下来。他看她脸色苍白,推测她或许还是不容易接受这个现实,毕竟继父也是父亲,他们一起生活过好几年。于是，他主动说，我可以进去，你如果也这样想的话。周宜抬头意味深长看了他一眼。

范浩进去了。而后，他出来在她身边坐下。

"变了挺多吗？"周宜问。

"他指甲里有灰。"说完，范浩恍如想起进去的任务，补充道，"手环上写着名字。"

周宜辗转知道，继父因为体罚了大人物的外甥被告到教育局，听从校长的建议，拿了一笔钱，主动辞职。他用这笔钱加上积蓄买了一套县郊的小房子。每个房间里都装了麻将机。几年前，周宜见他时，他坐上了轮椅。他要把房子留给她，前提是她帮他支付养老院的费用，证明他有孩子，不会被虐待。

"我不会活太久的，你放心。"他这样讲。

周宜觉得划算，他们达成了协议。从此，他与她之间多了一根缓慢而焦灼的引线。

此时，周宜嗯了一声："在乡下，人很难保证指甲里一直没有灰。"

到了殡仪馆，需要排队，周宜站在那儿，远远看见了继父的头顶。他头发脱落得厉害，她没有马上认出他来。算算不见他也颇久了，只觉他比往日浮肿，头特别大，相比以前的模样变了些许。也许人死了就是会这样。一眼就够。她不想靠近看了,告别没有太多意义。

她在外面等他的骨灰。她记起他不喜欢吃鸡脖子,他去教室给她送过坎肩,晚上洗澡以后给她吹头发,冬天给她煮有玉米草和荷包蛋的挂面。他做任何事情都一本正经。想到这些,她突然涌起一阵愧疚,觉得自己不可原谅。要是还有机会,她会好好对待他。带女儿来看他,一起玩拼图,告诉他她们新种的植物和遇到的蝇虫困扰。

"你有一阵子,总给我买吃的,你记得吧?"范浩说,"应该是那段时间。"

他去里面带了一个东西,让她坐上旁边一辆二代甲壳虫。车洗好了,车主还没来提。关上车门,他将一盒磁带推了进去。经过一阵嘈杂和轻微的脚步声,传来了鸟群的歌鸣。先是白头鹎、四声杜鹃的咏唱,接着是鹰鹃和噪雀,乌鸫也在空谷中表演了片刻。一众不可知的山雀啁啾后,到了静谧的夏夜,蝉声消散,升起鸣虫颤颤巍巍的呻吟,灰林鸮空灵阴森的叫声杳杳冥冥……

"我哥的,他房间里留下的,好多这种磁带。"范浩开车带她转了一圈,买了奶茶。进入地下车库。B1,像蛇回到舒适的洞穴，顺滑熟练，B2，驶过限速带时，震动微不足道，轮胎比蚂蚁的爪子还要灵活。然后到B3，穿过两扇灰沉沉的门，转过狭窄的承重柱和弯道，才能看见他的工作地点：那个简易的洗车店。

"你不是问我那批钢材到哪儿了吗？"范浩说，"据说就是这里。有人说到这儿了。每次进来，总感觉在我哥肠子里穿。他无处不在。"

范浩降下了所有车窗。

鸟鸣被时间的香料封存，似乎永远不会腐朽，渺远的灰色墙壁悉数收割它们。一只三花猫从反光雪糕筒路障边回视，一闪而过。

他们在水边游荡，企图发现更多的鸟。

他问她："知不知道鸽子有几个脚趾？"

她说不知道。那时，她还没忘记那几只落水的鸟蛋。

他看见几十米开外的枝头有只棕背伯劳，正向那个方向小心地移动。他边走边告诉她，鸽子前面三趾，后面一趾。

当他过了桥，她已经脱掉鞋子涉水了。

虽然靠近了一米，但她依然不能判断水底的是鸟蛋，还是一簇无用的白色卵石。她默默祈祷蛋没被激流冲走。

水比她预料的还要深，分割成股，蝌蚪一样钻入她的卫生巾。等肩膀接近水面时，她看到了树木的脚，广阔的田野，臃肿的山体在遥远处，黄昏托起贝母般的云彩。她记起他讲的，有关盖章的讲究，山顶、树枝、鸟尾、花头，这些地方紧要，不可落款盖印。接着，她憋了一口气，伸手向水底探寻。她一弯腰，就破坏了自身的平衡，水冲击她像冲击一片枯叶，旋转着将她举起又拽下。她看着天空瞬时被浇透，染出一片银光。河泥经过她的搅动，散发出一种红糖和烂李子的不祥气味。

她再次记起她的战争。如果赢了，她就可以跟母亲去新家生活。跟妈妈在一起，是她最后的要求，其余都可以放弃。那时，母亲已有半年多不在家，她去给人做保姆，怀孕后准备跟那人结婚。她和父亲在客厅里压低了声音讨论，母亲希望继父继续抚养周宜，她可以出抚养费。而继父拒绝，他要求母亲打掉孩子，他会原谅她，并改掉赌钱的习惯，大家凑合着过。

河不是绿的，河就是白的。她在水底睁眼了，水非常透明，她觉得自己魂移魄动，正吊在风雨中的蛛网上，无论如何挣扎，都抵挡不了秋日的减损。树影飞速坠落，太阳显出神圣。

她不准备争取了，败了也就败了。她想不起来还有什么与自己息息相关的事情了。

然后，他把她捞了起来。她觉得自己漂浮在他这艘船上，随着波浪起伏。

她用右手钩住他的脖子，受伤的一个月，她已经惯于关照左手，不让它有任何负担。水流激荡，作为辅助，她只好用下巴紧紧钩住他的肩膀，如一只受困于悬崖的攀禽。他刚刚为她讲了鸟的生态类群，攀禽与鸽子不同，它们的脚趾两个向前，两个向后，利于攀缘。并且，它们的嘴巴强劲有力，功用极大。

没过几秒钟，她已吸取到足够的氧气。此时，他的斜方肌正发挥作用，带动她往岸边靠近。

有一阵子，大家流行了一种诡异的玩法，不怎么清楚先从哪个班级开始的。他们想方设法在身体上留下些印记。有印贴画的，有贴假文身的，还有通过自己努力，在身上种草莓的。她喜欢种草莓，轻轻咬住手臂内侧的一点皮肤，吃果冻一样，缓慢用力，纤薄柔软处便得到一个独特的标志。那是毛细血管破裂的代价。

她的呼吸经过脖颈的阻挡和反射，再次喷到自己脸上。

彼时，她的嘴唇触到了他的脖子。持续有水从他的头发里流下去。那种味道虽然苦涩，但不想让人放弃，像鲜花的茎叶刚刚被裁剪后的气息。她习惯性地张开嘴，让唇部贴合他的脖子，迅猛地吮吸。从他震惊的神色里，她知道这里面有一些不对劲，这样做或许是不妥的。她来不及细想，就开始猛烈地咳嗽，气管一阵辛辣。她突然失控，没办法把握自己的表情。努力一番，她放弃了。任情绪发泄，即使把他吓走，她也管不了那么多了。

在比赛的尽头，是大姨制止了他们的争吵，她走到周宜面前，蹲下来问她，你跟我行不行？就是有点远，你要是愿意，咱们放了暑假就可以走。

周宜对那天的事情感激又抱歉。她缓过来了，想通过点什么恶作剧，调节严肃怪异的气氛，让他们都放松下来。在教室里，做完植树的题目，她验算了一遍，明显出错了，一平方米不可能栽种两棵树。关于拥挤的想象让她呼吸不畅，她不再理会那道题，反而玩起铅笔盒上的一块镜片。光斑从屋顶、树干移动到范遥的脖子上。他仰在办公室的椅背上午休。贪婪、冲动、私密的瞬间足够留下一个伤痕。本来鲜红、疼痛、难堪的印记，已经显露出消逝的预兆，

草莓时刻

阴影里变紫，变黄，变褐。在玻璃的过滤下，光的明灭与闪动中，它突然被一股神秘的幽蓝捕获，显得突兀，明目张胆，诡计多端。

范遥醒了，周宜没动。当他意识到有一道光照过来的时候，立马推开椅子站了起来，光流窜到肚脐处。他被吓到了，谨慎更像是防御。她看不清他脸上的表情，以及流露出的不安和厌烦。然后，她猛地将盒子扣上。转过头去。

她的猜测没错。等她再往那个窗口看时，他早不在了。

她触到了短暂的快乐，虽然这次快乐不是那么可靠坚定，它仍需要不断去加固。可是，她又忍不住后悔，谴责自己没有做好，如此鲁莽地把一份本就脆弱的东西打碎了。从此，她对自己的见解又多了一些，时刻告诫自己，谨慎野心与不切实际的抱负。也在那时，她突然清醒，仿佛获得和解及疗愈。好像真的感受到了，身体在一寸一寸变得坚硬。在真正的糟糕来临之前，也没什么可担心的。

他提供了一个短暂的绿洲。现在想来，他们甚至都没有一张合影。在磁带的声音流淌中，那些隐没在时间和记忆定论里，许多的、细密的波纹和印痕重新浮现。以前，她总认为命运的说法太不负责任，但现在她突然感动起来，因为她神奇地接续了从前的生命。

麻雀疾速旋转，珠颈斑鸠一段哀婉和追悔的低鸣后，磁带已到尽头，播放键卡顿一秒钟，似一支粉笔兀自断裂。终于，所有的声音都停止了。

这时，一阵风从倾斜的坡道吹进来，洗车间顶棚悬挂的优惠条幅缓缓飘动。

周宜的手机响了。电话那头喧闹不堪，是一位医院工作人员打来的。他一边回答旁边人的质问，一边焦躁又礼貌地询问葬礼的进度，并埋怨周宜竟然不认识自己的父亲。

好半天，她才弄明白。搞错了。养老院送了两位老人到医院，他们撒了另一位孤寡老人的骨灰。而她的父亲，此时正在隔壁床上躺着。

他没死。

平流雾

烤鱼迟迟不来。

最先端上桌子的是一盘酸豆角炒肉，肉丁方方正正，大概是煮熟之后切的。豆角腌得比较脆，酸度大家都可以接受，干辣椒段和青麻椒被油炸出的香味非常诱人。我用勺子盛了一些拌到米饭里，饭一粒粒染上橄榄的颜色和光泽。吃吧，又没有别人。我趁着说话，站起来夹了明子面前的辣白菜和腌萝卜条，收筷子时，萝卜掉在了瓦斯炉的出火孔上。

想叫服务员，明子已经用纸巾把萝卜处理好了。你很饿吗？明子说。我听得出来这不是在问我，而是一句责备。和往常一样，他从卫衣帽子里掏出一盒屋形牛奶，开了一个参差的口，迅速把它喝光了。盒子被他扔在桌面的棉质餐布上，发出空洞的声响。

从玻璃望出去，水汽包裹街道，双层公交车被夜色吞没。马路对面的红色屋顶即将消匿在密实的白蜡树叶里，路灯下，丁香丛承托起流泻的黄色光线。远远能看见坡顶上我们要住的民宿，面向海滩一排，只有几个房间是亮灯的。

还在下雨。

女孩儿进来时，穿着薄款的针织开衫，小皮鞋上沾了几根潮湿的草叶。见到真人，反而不觉她如想象般焦虑谨慎。选好服装交订金时，她曾怀疑我会不会拿钱跑路。我说这些钱也只够飞缅甸吧，随后把假身份证照片传了过去。她发了两个偷笑的表情，回我说，我们生日差一天哎，好巧。是啊，好巧，不是冤家不聚头，我们的技术还有很大精进空间，但你这么轻易就相信了。订金才两千块，戏演完就能把大头赚到手。

她坐下后问，明天能不能行啊。明子说，晴天，比今天好多了，放心吧，即使下雨也不影响，多浪漫，可遇不可求啊，他怎么还不来？她说，腹泻，喝咖啡喝的，我觉得他乳糖不耐受，可他不那么想。我趁机问她，那你们在家谁做饭？她说大多数时候她做，有时点外卖，你是化妆师吗？我没有化妆，甚至都没洗头，但我坦然又确切地点头说，对。女孩儿露出漫不经心的怀疑，随即被自己过高的期待挫败了一下。她补充道,他有次把饺子倒进冷水锅里煮。语气里有明确的炫耀,瞧他傻得多么恰到好处啊。

此时,元宝在门外抽电子烟。我从本地群聊里找到他,连人带车花八百租来的。幸好有元宝,只这么一会儿就不难发现他擅长跟人聊天,散漫轻松地获取有用并且关键的信息。我们等的人是李。他在学校食堂工作,租窗口,煮方便面,各种方便面,可以加油菜、豆芽、鸡蛋、肠,生意出奇地好。按照元宝的说法,他是巧妙问出来的,没有不礼貌,更没有冒犯我们的顾客。怎么个巧妙法,问他他也不讲。

看来他只会煮方便面,煮别的不行。我只能这么想。

明子不易察觉地扬了下眉毛,他肯定暗中比对过了,他不喜欢输给任何人。以前去江边烧烤,大部分事务都是他一手操办。别说下饺子,他干什么都行。买肉,切菜,租架子,提炭,遇上执法局的人,他拖鞋都不穿,端着滚烫的炉子跑。他们看烟儿找人,烤具也有被没收的时候。我满怀信心地去要,人家当然没给。

老规矩,不用画眼线。明子叮嘱我。我知道他是故意的,好在外人面前搞得我们很有审美追求。我郑重其事地比了一个OK。从手指的圆形里,我看到了我们迟到的烤鱼,午餐肉片在青笋、豆皮间煮得哆哆嗦嗦。没用,我已经七分饱了。热气悬浮,女孩儿从锅里捞起一片土豆,咬了一口说不熟,又埋进去煮。

大概过了十分钟,他们不再等李。夏天不该吃烤鱼,我的汗珠从胸下蜿蜒流到腰带上。不过附近好像也没有更实惠的饭店了。李落座时,鱼的一面早已戳没肉了。他问,你们不喝点东西吗?明子和我喝啤酒,其他人要了冰镇橘子汽水。女孩儿说,我们把鱼翻过来吧。她示意我帮帮忙。不能说翻,海边的人有这个忌讳,他们会介意的。李用筷子粗鲁地指了我们一圈说。她问,要不怎么说?李回答,顺,要说顺过来。无论怎样,我们海边的人已经把鱼翻面了。我对女孩儿说,亲爱的,把纸巾递我一下。我还不知道她的名字。不晓得明子知不知道,他没给我们介绍。她的昵称是张曼玉,我称呼她曼玉稍有不妥。她说,别叫我亲爱的,我姓姜。这点跟我相像,我也不喜欢别人用"亲爱的"称呼我,里头充斥了懒惰和故作真诚,虽然有时它挺通用的。不知道是"姜"还是"江",我没多问。

明子用点烟的手指着鱼骨说,有一种预感,这次肯定能拍出好照片,每次要拍出好照片我就有这种预感,特别精准。姜举杯邀大家碰一下,那要多谢各位了。我吸了一口啤酒沫。每次买卖，明子都要提到预感。万能的预感。元宝好奇我们的生意，问题坦率直接，比如你们一年能接几单，一单能赚多少钱。明子说，要看运气。为了岔开话题，明子开始聊起此次拍摄风格的灵感，他问李和姜喜不喜欢看电影，并大谈侯麦、侯孝贤。明子喜欢简单把人划分为两类，一类看电影，一类不看。李的答案是肯定的，他精确地知道，库布里克在1968年就拍出了《2001：太空漫游》，然后死在1999年。辣椒让他的嘴唇膨胀，他说他偏爱恐怖片。元宝说，姓侯的人真厉害，恐怖片好，我要再结婚就拍恐怖片风格。

这时，一个短发服务员拿着笔记本，来问我们是否有兴趣参与新店开业的活动，可以赢免单，需要两个人。她有四川口音，说话带着公事公办的语调，大概不希望我们参加。

姜说参加参加，到哪里去。她活跃地响应，一副特有把握的样子。我也没有征求他们的意见，用纸巾擦了擦嘴，起身跟着服务员往门口处走去。一个透明的卡扣收纳箱，带红色提手，里面有一条草鱼。活的，半天甩一下尾巴，腮徒劳地张合。游戏内容是掂箱子猜鱼的重量。总共有十几个人，通过黑白配筛选，我们进入了最终的三个组。就是说，怎么着我们都能拿到点什么优惠了。

店家既然用活鱼做游戏，肯定是挑选了店里最大最新鲜的鱼，好展示给顾客看。于是我猜四斤半。姜推测，鱼可能不会正巧整斤或半斤。我觉得有道理。最后，我们的答案是四斤二两。

结果公布，去掉收纳箱的重量，鱼重四斤四两。我们的预估最接近，从而赢得了一张免单券。姜抱住我的肩膀跳了几下。在姜高兴之时，店员告知这券下次进店才可使用。

有山将岛一分为二，东面风浪大，民居不多。民宿建在岛东面的一整片岩石上，巧妙利用了轻缓的坡度。观海是它的第一需求，不过那应该不是一个好主意，底层的岩石不断遭受海浪的侵蚀，这座建筑不会长久。

早上七点一刻，我去敲门，姜把门打开，房间里只有她一个人。他们住民宿的主卧海景房。窗帘拉开着，朝霞从海平面铺过来，粼粼的光斑切割流动的色彩。屋里被微凉的海风充盈，没有了整夜呼吸的味道，厚重的地毯中散发出霉菌和灰尘的气息。他们没换，还是十几年前的地毯，米色打底，浅棕的流线。我和明子在这里过圣诞节时，在地上点了备用蜡烛，把地毯烧了一个洞。为了逃脱赔偿，千辛万苦自作聪明地想把床挪动一点，好盖住那个洞。我们从没想过一张床竟然那么沉。它陷在那里，仿佛有根抓着。终于有一点成果。一个更大的洞，床底的另一边露出一个更大的洞。最后，我们认领了那个属于我们的洞，赔了钱。

李吃早餐还没有回来。姜穿了一件针织无袖的连衣裙，要不是宽松，估计有点热。可能刚洗了澡，头发还没有吹干。她看不出来是个护士，在我印象里，她说话没有指令性。昨天李说，看杀人电影时，姜习惯根据展示的流血面积，推测人物还有没有救；内脏被切出来盛托盘里，她也掂掂重，心里估个数。你看见了吗？她问道，隔壁婚宴大厅在施工，我们房间里蟑螂诱捕器都快装满了。她光着脚在房间里走，脊背挺立，仿佛瘦弱的身躯里一直有股力量激励着她。脸上有一些雀斑，睫毛夹过，没涂膏体。由于眨眼速度过快，似乎精于算计。眼睛大可是没有足够的神采，想让一切尽收眼底的努力让她显得不能聚焦和专注。司机说民宿老板换过好几茬了，这几年生意不好，可能要靠婚宴盈利吧。我一边对她说，一边把化妆包放在桌面上，分门别类摆好，清洗了美妆蛋，等待开工。

平流雾　251

她高度近视，平常可能不怎么化妆，眉形是散乱的。看起来她做了精细的准备，提前刮了腋毛，桌上放着花朵形状的胸贴，隐形眼镜和防晒喷雾，补救高跟鞋磨脚的创可贴，给李用的内增高垫。还有聚乙烯醇滴眼液，我知道那是一种人工泪液，我妈离开它不能生活。当我想花钱买些弄假成真的东西时，明子制止了我。这可都是功课，而他却只想减少开支把戏演完。山猪吃不了细糠。

他们家的自助餐具是那种不锈钢碗，和喂狗的小盆一样。她说。为了隐藏不满，她讲话的语气柔韧了些。这我完全不知道了，还没有来得及去吃，弄完估计就要出发去第一个场景了。

打完底妆她挺满意，问我是怎么做到的。我向她展示，美妆蛋攥干水分，用一张纸巾包起来再吸一下，把粉底液挤在手背上，然后上脸，再用美妆蛋均匀拍开。毫不费力，我还顺带推荐了遮瑕膏，好挡住她额头上的几粒明显的痘印。

第一套衣服，她选了黑白波点吊带裙和黑色绒面尖头细高跟鞋，我把她的头发卷了一下。她适合卷发。为了让她的眼睛更加明亮，我不仅为她画了眼线，还贴了几根假睫毛。我想让她漂漂亮亮的。明子根本看不出来，他也不会在乎这些有的没的。

她是看上去朴素,然而稍稍努力会变得非常好看的女孩儿。我问她你觉得如何,她对着镜子左右看了一番,说很不错,变漂亮了好多,谢谢你。

你们是情侣吗?她试探地问。和司机?不是,我们不熟。我说。摄影师,你和摄影师是一对吗?她不肯善罢甘休。没等我回答,她说,我看到你们接吻了,昨天晚上。

昨天晚上,我打开民宿的门,在院子里的旋转楼梯爬上爬下,爬到楼顶休息一阵儿,倚在栏杆上往远处看。树冠遮挡天空,雨早停了,海面一片漆黑,风端来餐厅青椒炒鸡蛋的味道。明子站在人字梯上换灯泡。老板拿来备用灯泡,去旁边店里打牌了。我上了梯子,从背后环抱住他的腰。他继续换灯泡,自信得电都不断一下。

与前几年不一样了,他的肚子又圆又结实。

你的心肠更硬了。我说。

灯亮了。闪电般的提醒。吸引来三五只翅膀透明的小虫。他扭转身体来亲我。我也亲他,他却不肯慷慨地将舌头送进来。

这时,他收到几条消息,他老婆跟他要钱,孩子要去私立幼儿园,还要学编程。

我将手探进他的口袋里,从里面掏出一团黑乎乎的东西。我将它们一个一个展开,是袜子,左右口袋各装一只。他女儿的。因为跟老婆闹得不好,他常年见不到女儿。他通过这种笨拙的物理方式维持父女的连接。我仰起头,将袜子盖到鼻子上,非要找到一些实在的东西不可。

除了和他合伙做旅拍的"生意",我真的无事可干吗?明子的脑袋就那么大,他留给女儿的空间让我嫉妒。传媒学院毕业以后,他有一次联系我,让我为他的女儿起名字。五行缺水,他说。整件事充满戏谑。我还是发了一个给他,是我老板的名字,他们都姓杨。这种情况都是广泛征集,用上的概率小。我把袜子还他,问他你女儿叫什么。果不其然,不要费劲为别人的小孩儿取名字。

明子跟我聊天基本不加表情,语气词都很少,让我有时候琢磨不出他讲话的神态。先斩后奏会让困难的事情容易一些。没跟他商量,昨天吃完晚饭,我私信姜,把除订金以外的尾款要了来。她痛快地打给了我。现在看来,这笔钱总算有方向可去了。

元宝对单车道的柏油路抱怨不已。他以前在省立医院开过七八年救护车,习惯了被车辆礼让。一开始,他在医院做保安，停车场设计不合理，得经常挪车，医院领导不想下楼，索性把车钥匙丢给他。所以，他还没有考驾照便会开车了，技术都是挪车挪出来的。他边开边讲，就在得意之时，车猛烈地颠簸一下，稍有犹豫，突然转弯，然后不动了。他下车打开前车盖，看了半天，揪了一个零件扔掉。试了试，车又开始跑了。

李为我们介绍路两边的马尾松和五针松的区别，还问大家岛上有没有蚝壳墙，就是用生蚝壳子搭起来的墙。元宝说没见过。李的眼眶是陷落的，五官立体，基本不用打阴影，刚刚也只稍微弄了弄头发。他的发质粗实坚硬，侧面和后脑勺刚刚剪过，整齐的发茬让他精神又果断。可是他非常急躁，应该不善于深思熟虑。对我们有利的一点，他格外怕麻烦，这种人容易妥协。后来的事情让我觉得他一旦答应了什么事，倾向会坚持一下，即使他感到后悔、不自在，也要强迫自己试一试。

有一点我想错了，我以为明子毫无准备。但他没少下功夫，将一个婚纱摄影师的基本工作都效仿得有模有样。找拍摄角度，调动他们的情绪，还抱怨这份工作夏天晒脱皮，从没有一个节假日陪家人，一天下来鞋子不能进屋。没有人怀疑。第一套拍完已经十一点，我告诉姜，按照以前的经验,泳装不怎么出片,头发沾湿软塌塌的,大部分人对自己的身材完美度也想象过高。泳池拍完可能需要重新化妆,不如先拍第三套。可姜坚持先拍泳装,拍完好换个造型。我说没问题。他们高兴最重要。我隐隐担忧,她不是那么好说服。

李的衣服是黑红格子短裤和红白相间的背心,明度很低。姜挑了一件款式简单的泳衣,身上是藏蓝色,明黄的肩带,搭白色短裤和人字拖。

在民宿宣传彩页的醒目位置,印着那个主打的"天际泳池",脆弱的蓝,毫无秘密可言。泳池看不到高于水位的边沿和瓷砖,是一种看似没有边缘的特殊设计,池水与边沿持平,水波会随着激荡的力量溢流下去,在看不见的外沿有集水和防护措施。

我们沿着花园的小路去泳池,脚下褐色的松针从秋天开始腐烂,到现在已经松软绵密。元宝夸大了这里的一切,将岛上的东西描述得格外珍贵,比如,他说这种腐殖质土最适合种花,有人去防风林里挖,在网店上十斤十斤地卖。李否定了他,他说这种土还会继续腐烂,容易损伤植物新生的根系。

他们多付了三千块拍胶卷，明子格外卖力。他没有带泳衣，衣服都湿透了。

你们要真亲，不要只是嘴巴放在一起。明子这样说显得专业，可他的耐心不足稍显刻意了。来，你们看。超级不好看。确实如他所说，我用微单拍出来的照片，俩人的嘴巴被挤得变了形，面部肌肉紧张。好的，姜说，休息一下吧，我去买雪糕，太热了。她裹上衣柜里的薄毯去外面了。回来后，姜提议，能不能去海里拍几张，大家都去海里。

天空晴朗，海水深蓝，无休止地淘洗，微弱的风也能将波纹一层一层推过来。这段海岸，水清澈有活力，卵石堆叠，一些游客带着小孩儿在捡石头和海玻璃。因为是景点，人挺多。礁石后面，一个小男孩一直在喊爸爸。有那么一刻，我表演得太投入，真认为自己正为他们的婚姻出力，四周飘满了虚幻的幸福泡泡。

明子指导他们摆各种姿势。李问，你们拍得怎么样？大片刘海贴在明子的额头上，显得他思路混沌。他提醒他们说，胶卷快没了，你们如果还想拍，我去车里取一些。往海里拍，没有多少参照物，成片会沉闷无聊。

基本不存在补妆的事。那种感觉没有持续太久，我就感到索然无味了。我涂了防晒霜,他们拍照的间隙,我游了两个来回,今晚可以睡个好觉。元宝早已失去兴趣,我们下海时他躺在沙滩上,需要帮忙我们才叫他。后来他回到车里,把车停在堤上的凉荫下,车窗紧闭,肯定开了冷风。

许多水母被海流带到沙滩和浅水里。也许是温凉的海水让姜振奋,她把一只水母放在头顶,头发和额头上留下透明黏腻的液体。她让李上岸歇会儿,吩咐明子替她拍一些单人照。李没有错过这个好机会,他马上去车里关上了车门,过了一阵子,他带了几瓶冰镇饮料走下堤来,告诉我们是元宝买的。姜用力将胸前的水拍下去,昂起头来对着镜头笑。然后把自己交给重力与浮力的较量,深深地掉进去。

最后一套我们要到市郊的山上拍,那里有起伏的草坪、山羊和一座葡萄酒庄。再过几个小时可能会凉快一些,李需要穿西装,好搭配姜选的那件简约风的白绸婚纱裙。姜最中意那套衣服。

明子将胶卷拍完,去车里了。不知道他还回不回来。海边只有我和李,李说这儿适合拍大白鲨,把人一咬两截儿那种。姜在离我们一百多米的地方,不断从海水里托起失去活力的水母，将它们扔到更远的地方，再变换泳姿，游过去寻找它的踪迹。我担心她被水母蜇伤、隐形眼镜滑落进水里。并且，她离海岸越来越远。

太阳几乎压到头顶，光涌流下来，没有风，一阵阵纸张燃烧的气息。远处的岛和岸边松木的轮廓微微跃动，像有动物刚刚跑过。姜一直往海里游，在防鲨网附近停留片刻，继续斜向朝外海游，那里游泳的人不多了。我往前游了一段距离，喊她回来，声音刚跑出我的嘴巴，就消散在浮动的光波中。左前方暗流多，还有附近养殖场飘过来的海带，体力不支她有可能回不来。我回头看李，他在喝饮料，喝完半瓶将瓶盖拧上，让瓶子漂在肚皮上的水里。

姜停下来。两次伸出手臂拍打，但节奏不对，我没有听见任何呼叫声。明子还没有回来，我叫李，准备和他一起往那边游。她好像溺水了。我对他说。

李向我靠近，带着迷惑的表情，海浪淹没他的前胸。我往前游了五十米，水温已经明显下降。这时，我看见姜开始往回游了。

她游到我面前时面色苍白，如同涉水换了另一个人回来。站定后，她走过我，走过李，对沙滩上正在换胶卷的明子喊，我们不拍了。一切到此为止。接着向民宿的方向走了。

化妆时，我告诉姜，这岛我和明子以前来过。后来我还在这个城市读完了职业学校。

以前，明子住在我外婆家隔壁，江边一个溶洞度假村附近。一直到中学，我都在外婆家过寒暑假。我父母在镇上开炼油坊，附近的农民将自家的花生运到我父亲的油坊榨油。我的卧室在二楼，窗帘和被罩留下油烟熏蒸的气息，连柠檬味的洗衣液、毒辣的太阳都难以去除。我在镇上的小学读书。明子在四年级上学期转到我们班。

那时我发现，我们在一些地方存在微妙的默契。最后，我们决定干点什么。

明子切肉，我来串，蔬菜来得及就在他家的洗手池洗一洗，来不及就直接串。土豆片、蘑菇和青椒最好售出，板筋和鸡心我们不要，我们那儿的人很少吃那些奇怪的东西。我们在景区外的江边烤，那里的倒柳可以将炉子和烟包裹起来。非常便宜，游客们买几串站着便吃完了。买十串以上，把签子还回来的话，可以获赠任意一串烤蔬菜。

时好时坏。运气不佳，连租炉子和买菜的钱也赚不出来。情况好转也是后来的事了。有人认为我们的年纪不足以把握好食物的生熟，那可真是低估我们了。不过，欢迎自助，烤多久都行。成人会比较好打发，不好对付的是中学生。他们会凭借虚长几岁的权威，来指责烤串不够卫生，铁签清洗不干净反复使用。

他们看我们赚钱难受。明子说。

要是碰上那样的顾客，明子会赠送他们额外的烤串，来堵住他们的嘴。挑贵的送，鸡翅、鱿鱼板和羊腰。他们只是想得点小便宜罢了，那些真正不干净的五花肉和尿素浇出来的韭菜叶也进了他们的狗肚子。

每增加一笔钱，我感觉就多掌握了一些可能。甜蜜的积累和打算。有一天，我们在外婆家看电视，《西游记》重播，穿插了治疗不孕不育的广告。其中，人说起话来太过激动，毫无保留敞开隐秘的伤口，如被发了不孕不育的奖状。明子把遥控器上的右三角按键抠掉了，频道切换要用牙签扎。是一个小电视台的旅游节目。他们介绍了这个海边城市。夏天，繁盛的树丛，蝉声，似被水渍浸湿的路面，亮晃晃的腿肚了，穿白大褂趿拉拖鞋的人。一开始，主持人解释他们大概是附近大学药学院的。采访后得知，他们是去海泳的教工，什么学院的都有。白大褂里面是泳衣，脱掉褂子便能下海，人手一件白大褂。这跟我们那儿的人

平流雾　261

不一样，我们那儿没有人穿泳衣泳裤下江。

城市靠着宽阔的海岸，时常会有平流雾。与平常见到的雾不一样，风吹来持续的暖湿气流，在近地面遇冷凝结成雾。雾气只在地面以上几十米的地方流动，楼顶都是裸露的。站在高处，地面的筋骨与崎岖隐匿起来，建筑被虚无缥缈的白色托起，一片绵软中见棱见角。

大海对我们来说，倒没有那么大的吸引力，我们每天都看见水。可我们从来没见过平流雾，非常想去看看。现在想来，几乎是为了某种骗人的需要现行捏造的理由，如此狂妄不可信，可那会儿真是当作天大的秘密去维护。又或许，我们早就知道了平流雾也不是天天都有，只是借着这个由头走远一点。

就这样，经过几个假期，我们还在志同道合地烤串卖串。在初中一年级的寒假，我们已经攒了相当大的一笔钱。我忘了为什么我们不在暑假出行，偏偏选择了一个能把鼻子冻掉的冬天动身。用学校组织活动的借口，我们出发了。坐了三个小时汽车，目的地就是这儿。

为方便起见，我们养了许多社交账号。找一些复古自然的照片，传到我们自己的号上，定期点赞，评论转发维护，然后"钓鱼"。都是一锤子的买卖，一单结束，便把一个号注销掉，用明子的话说叫"放烟花"。开溜之前，明子都叮嘱我，别忘了"放烟花"。其实，早在他关心以前，钱到手，我们一脱身，我便把烟花放了。什么都没了。完美得无迹可寻。至今，我们还没有惹上关于警察方面的麻烦。

姜放弃拍摄的决定让我紧张，我不想到手的鸭子就这样飞走了。回到民宿，姜已经收拾行李离开，泳衣被扔在主卧洗手间的浴池里。李一开始是客气的，他不断地拨打姜的电话，并向我们道歉，说她脾气古怪，经常像现在一样莫名其妙地发作，任性、仓促，不管不顾。姜没有接电话。他开始骂难听的话了。真挚又烦人。不知道他是想把她叫回来，商量后续事情怎么处理，还是想要就此分道扬镳。

我们又饿又累，明子把一些乳液涂在晒伤的皮肤上。李说他叫了外卖，一会儿大家一起吃。他没提我们吃完怎么办，要不要继续等姜的消息。我最担心他突然和我们商量拍摄的费用问题。我算了一笔账，只拍了一半，要是他想退钱的话，我绝对不会给他，一毛都不给。看着他从外卖员手里接过大包小包的餐食往客厅走，我觉得我想多了，有可能姜打给我多少钱他都不晓得。这么想来，他倒是个懂事的糊涂蛋。

是白煮海鲜和一些炒菜，机打的单子上标着是个六人套餐，四袋精酿是额外加的。我们很快便把啤酒喝光了。

你们是哪里人？明子问。李说是山东人，他和姜都是山东人。

葱省人和葱省人过日子好啊，葱上加葱。元宝说。他往自己蘸料碟里倒了一层香油，油脂把姜汁冲出一个优美的漩涡。

元宝说这话戳到了李的心窝子，在一阵低落后，他打开了电视机，里面在放婚姻调解的节目。李看了一会儿，问我们还想不想喝酒，他来请。我说想喝，明子附和。通过明子的眼神我猜出来了，他也希望李喝多一些，最好睡过去，然后我俩溜之大吉。

李点了超多的啤酒。没找到开瓶器，元宝用筷子，李用牙齿，明子用板凳角，一瓶一瓶艰难地开。显然，明子到后面不再控制自己，而是用碰到知己的速度在消耗啤酒，他说这儿的啤酒不一样，真的好喝。空调开到十七度，房间里还是不凉快，小米辣和蒜末不断烧出舌尖的新热量。李不再频繁看手机，他好像已经忘了来此地的主要事情，对收拾残局也丢失兴致。

最开心的还是元宝，他从懒散中振作起来，自己只用半天就把钱赚到，还有人陪喝酒，一定捡到大便宜了。在喝到第五瓶的时候，他状态来了，说他小时候曾经偷了父亲饮料厂里的东西，一袋兑奖后没来得及销毁的瓶盖。他将"再来一瓶"的瓶盖发给自己要好的朋友，他们整整喝了一年的免费饮料。此时的元宝变得可爱。既然这样，大家都觉得要用一些秘密来作为交换，不能让人家虚掷真情。明子说，以前我暗恋过她啊。他指我。我不知他是真醉还是假意。他接着说，有一种关于未来的占卜，小学生玩的，你们玩过没有，两个人的姓名笔画相减得出的数字，就是他们今后的关系。我把她和班上所有男生的关系都算过了。元宝问，那你们是什么关系啊？明子说，我们是夫妻啊，现在看来，不怎么准确。李鼓掌叫好，接着他说，我骗你们的，我哪里有钱租学校窗口，那是我小叔的，我在他那里打工而已，为人打工煮方便面，我不怎么爱吃方便面。最后到我，我没想起来要说些什么。于是，我给他们表演了一个手掌劈小西瓜。

他们找到了房间里的手持话筒，一边继续喝，一边开始唱K。我的肠子像被放在音箱喇叭上，拧转颠簸。于是，我准备在露台躺椅上睡一会儿。门外的空气温顺又舒爽，如有千多的鱼嘴在我冰凉的胳膊上吞吐温水。

我走出民宿，头顶苍莽的叶子让我预感到彻底的结束。杨树、银杏树、玉兰树掩映在停车场周围，根部有整齐的石头围着。走下苔影斑驳的石阶，便置身于森林般的阴凉中了。有野猫从小径中回身一瞥，松鼠倒不那么警惕，在树干上灵活地跳跃。眼前的一片空地上，有废弃的空调外机、红色的漂浮球和旧自行车的骨架。再往前，出现了一条与环岛公路平行的石板路，专供行人来走，外围有矮松做防护，因为侧面就是海岸的陡坡了。蓝色的警示牌提醒人们小心跌落，近处的峭壁上，发丝状的草轻逸地飘摆，坡顶有野鸽子的呜呜。

我想找找一个老地方，可记不清是哪条路了。

多年以前，我和明子到这儿来时没有过夜，浪费了房费，我们当天就坐车回去了，只是到家已经晚上十点多。我妈报了警。

他们把我当作一个受害者来对待。

即使我冷静理性地告诉他们，什么都没有发生，他没有把什么奇怪的东西塞到我的阴道里。可他们不相信。我不敢直接称呼他的姓名，那成了我们家的禁忌。好像说出他的名字是一种承认，让他再玷污我一次，让他又做了一次好人。验尿，我妈想知道我有没有怀孕。我不清楚什么是中段尿，我想当然地把尿的轨迹当成线段，在开始尿的时候，精准把握，将那个果冻盒一样，让我倍感耻辱的东西放到线段的中点上。

其实，我对我妈认为的那些东西还不怎么了解，我还没有弄懂其中的操作原理，生疏让我缺乏自信和动力。并且，我天真地以为，那些肮脏下流行为的主人不能是明子和我。

自始至终，我应该感谢我的外婆，一定程度上，是她让我妈的疯狂降低了一些。我妈要明子家赔偿三十万。那时候，一条人命可能也赔不过三十万。她得到了半个多月的假期，要专心来处理余下的事项。她扬言要把事情打电话告诉她的同事和邻居。其实，邻居不用告诉，他们早知道了这件事，还有传言讲，我被喂了一种可怕的叫人服从的药，回家来脑子就坏掉了。此外，她想跟几个姑妈讨教一些经验，又不想表现得被人可怜。她每拨通电话，计算着只响两三声对方来不及接通就挂断。而当姑妈们打过来，她首先要责备她们一番，怎么刚才不接电话呀。这样，她既保全了面子，又节省了话费。

要什么钱呢,她是自愿跟他去的。外婆对我妈讲。她也说得不够准确,我不仅是自愿的,还是那场活动的策划者。我没费多大工夫便说服了明子。是我买的车票。我想告诉他们,别傻了,小孩儿一点都不简单。孩子是单纯的才是一个大骗局。

我一直记得岛是很大的,而今天它无缘无故地瑟缩了。头晕乎乎的,我只能放弃找那条路。随后,我来到一个彩票投注站。

在那里,我看到了姜。

她没走。她坐在我们昨天吃烤鱼的店里,旁边放着她宝蓝色的行李箱。我想装没看见走开时已经晚了,她看到我同样有点躲闪,接着招手让我过去。那会儿我不想钱的事儿了,就想找人说说话。

她的手相当漂亮,拍照的时候我就注意到了。我称赞了那双手。她说这么好看吗,那用来给病人插尿管是有点可惜了。她点了小龙虾,掰掉虾头吮吸两下,熟练地剥出白色的虾肉,用不到的手指都高明地翘着。今天店里开了冷气,从干燥闷热的外面进来,疲劳烦躁一寸一寸退回脚底。姜从锅里捞粉条,让它们溜进自己的小碗里。

她说，你还没有给我讲，你和那个摄影师来这儿以后的事。早上时，我告诉她什么都没有发生。我当然说谎了。

海和江还是不一样的。走出汽车站，明子感慨说。

没有什么要紧事，我们在岛上到处游荡。大家告诉我们，这个季节很少出现平流雾，天天是晴日。太阳濡湿每一个地方。路边野草枯死倒伏，废弃的战马和人物雕塑以不怎么舒服的姿势半躺着。鼓出的肌肉野心勃勃，马蹄上落了海鸥的粪便，战士的眼神依旧严肃又犀利。明子凑近，敲一敲他的盔甲。

空的，他说，刚刚路过的那个替换下来的，造型一样。明子说的是前海广场的雕塑，它是崭新的，长矛一本正经插入中天的太阳，像在搅散一个泛白的蛋黄。青铜色油漆的味道让他显得颐指气使，可若真要分个高下，故意做旧的效果却比不上路边的"草寇"。

在岛的中部，民居多起来，盖的房子式样和平常见到的差别不大，但要普遍低矮一些。还有一个军队驻扎地，铁丝网高围起来，没有穿迷彩的官兵演练。

我们绕岛走，整整走了半圈。在环岛公路玩了几个小时后，没什么新鲜的事，便感觉无聊虚空。我立刻捕捉到了，这是我一意孤行的代价，我沉浸在爱与冒险的崇尚和确信里，这是附着之物。

很快，两个中学生的肚子也空了。我提议放弃徒步环岛，转而从一条单车道的水泥路岔开去，我想知道那条路通向哪里。里面说不定会有小饭店，好让我们饱餐一顿。明子说走，去看看。先过一段缓坡，上面结了冰。我们必须得小心地走才勉强不滑倒。等过了那段长长的缓坡，眼前出现了几座突兀的别墅。周围是杂植的防风林，树干上枯藤缠绕，大部分是爬山虎，还有茑萝蚕蛹般的果实。最前面的一座房子已经塌陷，门上挂着U型锁，玻璃碎了，绿色的窗框趴伏在前院里，留下一个规整的空洞。远远看进去，里面有一张明黄色的沙发。房子都有单独的院子，被半人高的栅栏围着。有几座应该是空的，其他院子里则很容易能发现有人居住的痕迹。雪人被打扮成阿童木的模样，堆在修剪整齐的蟹爪槐下，清扫干净的路从屋檐下通到门口。追踪车轮压出的雪痕，能看见儿童滑板溜溜车停放在车库里。荒废的菜园中，有一只鹅在警觉地散步。

道路在最后一座房子前停止。我们的议论被一阵凶猛的叫声打断，从铁皮棚里踱出一只棕色的多毛动物。它身长一米多，面部开阔，双肩平顺，前腿肌肉发达，从喉部发出充满敌意的低吼，不紧不慢地向栅栏走来，优雅、沉稳、蓄积力量。谨慎克制让它看上去不是那么矫健，但我相信只要它开始攻击就会毫无保留的精准。显然，它认为我们触犯了它的领地。我才反应过来，这不是一只熊之类的东西，这里不会有熊。是一只藏獒。没有拴链子。

快跑。明子对我喊了一声。它像抢先听懂指令一般，逐渐跑起来，落地的间隙，发出沉闷的狂吠。在丰厚的毛发和鼻梁的沟壑里，掩藏着一双杏仁状倾斜的眼睛，亮光闪动，充斥威胁与蔑视。我被它的目光钉在原地，手颤抖地松了松围巾，毛线让我呼吸困难。没有人出来喝止，任何门和窗都没有被打开。明子的跑动彻底激怒了它，在接下去的任何一秒钟，它都有可能腾空越过稀松的栅栏，落在我的面前，将我撕成碎片。而我只能缓慢地腾挪柔软的脚脖子，别无他法。我想象它在我身后龇出冰凌般的牙齿，舌头上的热气升散开来。我估算着它可能的行动。转过身，好专心致志地走开，所有的精力都集中到脚步上。

我成功了，越走越快，最后在下坡的时候我能跑起来了。

我从松林里穿行过去。此时，一丝幻觉来到，松林仿佛陷进夏天烈日熏蒸后的折射效应。跳动的空气扰乱视觉，让一切显得不可把握。

等我沿着干冷的马路往住处走时，我就坦然多了。待在原地？直接回家？我没想去别的地方，虽然所有的钱都不在明子那里。我只想快点走，离别墅远一点，早些回到民宿，进去坐在暖气片上，烤烤我僵硬可怜的屁股和腿。

我走在一段长长的缓坡上。有一些汽车从公路上行驶下去，柏油是新铺的，白色的指示线清晰而洁净。两边种了整齐的法桐，修建时应该仔细规划过。枝条绵软，光线仁慈。这时候明子呢？我那时才想起来。然后，我看到了他，他正向我的方向走，不是沿着路边，而是走在马路正中间，踩着分割线走。

他说对不起，我刚才太害怕了。其实，我早就原谅他了。我被自己的宽容弄得相当感动来着。看到他回来，我感觉自己被掰碎了一小块。

从别墅外的水泥坡道上滑下去时，我已经意识到，我不会有危险命丧狗嘴了。我回头看了一眼，它降低了吠叫的频率，将前腿搭在栅栏的缝隙里。我内裤里层的钱，我们所有剩下的钱一层一层摩擦着我的腰。冰帮了我的大忙，它们平滑又毫不设限。那应该是别墅的主人给自家小孩子造的简易游乐场。草地上虽有浇水器，应该不能在这么冷的季节使用。我想象他们在前一天晚上，每隔一段时间便过来泼一些水，最后形成了光滑均匀的冰面。旁边树林里放着一个黄色的塑料小推车玩具，还有一个类似剪刀的东西。我下滑时，冲碎了一排雪花小鸭子。除了这个令人欣慰的结果，我还额外得到了一个现实。我突然醒悟过来，我们不可能像我们的父母一样结婚，并生育小孩儿。我们顶多一起赚赚钱，确实需要时，提供一下彼此紧缺的东西，如果愿意给的话。总之，我们不会相爱。

姜问我为什么不吃，我说刚刚吃过了，现在还撑着呢，而且我吃小龙虾过敏，会肿成一个猪头。她贴心地为我要了一份糖渍小番茄，那很合我的胃口，我想吃点又凉又甜的东西。我向她道谢，她回不用客气，是我们一起赢来的。我这才想起来，她用了那张五百元以内消费的免单券。

你们那儿管这种比别处粗的粉条叫什么？我说还是叫粉条。

我们叫它们"小猴子"。她不无自豪地说。我为多知道一种描述而高兴。

你们是怎么在一起的？我问姜。

很普通的开始，我想跟你说说我们怎么结束的。

姜说，去年假期他们自驾出游，到农村摘果子。沿路一直开啊开，到了一个地方，水泥路上晾晒着新割的豆秧。叶子失水翻卷，看上去已经晒过几天了，好多豆荚炸开，豆粒变成黄色的了。它们不是占据马路的一边，而是铺满了整条路，全被挡住了。

李问姜，这应该怎么过去，你有看到什么人吗？没有人。有只谦卑的母鸡在那里偷食，近处也没有任何人看护。我们不应该走这条小路，这都不通。他抱怨说。姜让他下车看看，有没有东西挑开一些开过去。他坐在车上不动。我们应该原路返回，不应该出来摘什么果子，主路车流堵死，小路刁民堵死，我们应该躺在家里吹空调。他说。姜用脚踩了踩那些豆秧，有几只奄奄一息的蜜虫飞起来落到她的裤子上。她坐回车里，没有倒车，也没有向前走，就只是坐在车里。他缓了一会儿，拧开矿泉水，把剩下的半瓶都喝了。将那个空瓶子扔到马路中间的豆秧上。然后，他下了车，顺着路往回走。几分钟里，他的背影消失在后视镜中。

没过多久，前面出现了一个女人，是一个农妇。经过询问，路上没有她家的豆子。姜想请教她一个解决问题的办法，就是应该如何把车开过去。她反复强调，她得过去。

要过去，怎样不会压坏那些豆子。没想到那个女人说，开过去啊，随便压，晒出来就是让碾压的，不会压坏，车轮底下过几遍，豆秧揶起来便省劲多了。姜豁然开朗，兴冲冲跑到车上，发动，慢慢地碾过去。豆荚噼啪噼啪炸开。把车掉头，开回来再走一遍。来来回回，享受那些陌生的声音。压过豆子时，豆粒弹来弹去，如有许多细小的老鼠，随着豆荚炸裂不得已蹦出来。

姜对我说，那个女人捡起空瓶子回家去了，还告诉她，毛豆晒干了就是黄豆，母鸡不交配也会下蛋。

她摘下油汪汪的一次性手套，喝了一口酸梅汤，瞪着我说，我想问你，在我游到很远浮出来那会儿，你们有没有看到我不对劲？我觉得你们看见我了。

她第一次在海边见到水母，一直游，没有遇上任何不可控制的东西，可是突然呛水了。她努力转身，向岸边游。不行，她舌头发麻，喊不了，双臂离开身体并向远处漂浮，每次浮出水面的时间根本不够呼吸。她认为没有什么能够救她了，那是肯定的。无人听见，她本来以为会那样静静地溺死。精疲力竭的时候，她的脚碰到了什么东西。

海带？我问她。之前我们学校有位老师在那片儿被海带缠住淹死了。

不是，海带可救不了我。此前，她听上去平静又释然，说到这里，她还是激动起来。

我再次试着踩下去，硬的。她说，是一块陆地。

怎么说呢，我知道有那种情况。那叫沙岛，潮间带上经常出现。但我只在退潮后的浅海碰见过。沙岛在潮水上涨后会极快瓦解。再说，我从来没听说过那片海底地形如此复杂。陆地，想起来更是不可思议。我甚至都怀疑那可能只是某一只水母宽厚的头部，在蓄积力量往海面浮动时碰到了她的脚。

姜说，我看到你们在交谈，我很好奇，你们说了什么。眼影的珠光失散到了她的下巴上。

他说，他没有鼻夹。我靠向椅背，告诉姜。

是他。姜哈哈大笑一阵说，确实是他，他没有鼻夹就游不了泳。

他们同居一年多了，她认为他们肯定会结婚的。所有的进程都朝那个方向去了。诡异的是，溺水那一刻之前，她还坚持着绝对不能离弃的信念，它带给她紧迫而尖锐的欢乐和痛苦。姜说很奇怪，今天突然顿悟了。

她想通了，他们已经提前结束了。她与李结婚的斗志被一种新的感受纠正。在恐怖片里，画面声音产生的畏惧转瞬即逝，持久存留的是对感觉的认同，相似的可能咬食人心，那种害怕才足以将人淹没。她做了一个坚实的决定。与他有关的幻境中假设的忠贞不渝，迅猛地破碎，不可妥协。她毫不掩饰自己的轻松愉快，表露出一种没有什么可以诱捕的心情。爱的光辉熄灭，戛然而止。就这样而已。真是迷人又危险。

我们不知道的事情，还是太多了。她总结道。

在我离开民宿以前，房间里彻底冰下来。每个人都有些醉了。我关上空调，元宝抢过遥控器又打开。我将姜那件婚纱礼服披在了身上。元宝站起来要跟明子学习拍照。明子问拍谁。李如梦初醒，一副阴森而痛苦的表情。元宝说，拍他俩。看半天才明白，没有别人了，他指的是我和李。明子说，那她肯定不同意。我举手表示反对，我说我为什么不同意啊，我同意。李从衣罩里取出西装穿在身上，露出想要堕落却又极力掩饰的慌张神色。

推荐一下，我对他说，你觉得什么牌子的方便面最好吃？

方便面口味是最私人的事儿。李说。这个问题让他放松下来。你可以试一下出前一丁，日本人做的，他们是方便面的鼻祖。黑蒜油口味的。

那这个卖得好吗？我问他。

不好，贵，学生吃这个的少。不如下康师傅加俩蛋。

对，就这样，聊天聊天。明子不断按下快门。

你的双眼皮是割的吗？李说不是，很刻意吗？我不知他说的是刻意还是可疑。于是我回答，是的，可以用来藏私房钱了。他被我逗笑了。

李手臂上明显又突出的血管，让他稍显单薄的身体增加了一些力量。额头中间有一根早上我为他修眉刮掉的眉毛。那根毛发似乎有一个轻微弧度，又像是根睫毛。他的嘴唇因为凌乱吞吐空气而干燥，我用手抚摸他的脸，他的颧骨和鼻翼，最后我把手压在他的眼睛上。他的肌肉还是有些僵硬，为了彻底浇熄他的理性和戒备，我亲了他的嘴唇。我记起明子的告诫，你们要真亲，不要只是嘴巴贴在一起。然后，我就那样做了。我想通过不断地赞赏他让他多一些自信。把冷硬坚实的抵抗替换成绵柔的、松动的、危险的顺从。

晦涩而温暖的鼻息让一些阻滞的东西开始松动，喀斯特地貌表层的水，千方百计漏下去了。雾气开始消散。

然而，刺激和快乐相差甚远。

我以为的明子习惯背后做好事，借有去无回的钱给亲戚，不贪图别人都能想着他；当他确定要做什么事情的时候，总是带着一股复仇和释放的情绪；我以为的不需要多少暗示就能明白并达到一致的时刻是默契，进而会滑向爱的过程；我以为我辨认了他所有的轮廓。不是的，透过虚假的表演，我看到诸多面目模糊的他。此时，在镜头前面，我前所未有地松弛，最大限度地释放敌意。冷漠，疏离。一番迂回润色，精确却在流失，这种感受因为过于真实而灼伤了我。这在我想来是他本不该承受的情绪。但我又一次判断失误，他相当欢迎，亢奋让他的小眼睛不断地眨动。

来，杀了我为他们助助兴。明子对元宝说。显然，元宝没有捕获他夸张的幽默。这一路下来，元宝总是不能及时理解一些玩笑。太好了，这组照片。明子说着，趴下起来，中间还跪在那里几次。

我把钱全部转给了姜。她的收钱提示音是一个古怪的声音，好似一颗果子掉进深井里。至此，太阳开始移向蓬勃的山丘，从玻璃望出去，树荫中包孕着节日般的明亮光影。

明子打电话来，民宿老板告诉他，小岛突然被封禁。

他俩醒来，元宝已经不见了。在封岛前夕，他可能从本地人那里得知了消息，开车逃跑了。他不仅赚到八百块钱，还顺走了我们的摄影器材，两台借来的胶片相机和一台微单，打光板、化妆包、一双高跟鞋、假耐克太阳帽和所有现金。离开了民宿，删除了好友。我查看了手机，在退出我们的群聊之前，他还发了一句"朋友们，珍重"。

可能是因为匆忙，或者不熟练，在冰箱的纸盒里，他遗落了一卷胶卷。离岛后，我将它冲洗扫描出来。薄雾质的颗粒均匀弥散，夏季有了停顿的喘息。画面中没有人，空境堆叠。青天白日下的水杉，林间小路和草地上细长的阴影，走廊尽头，花丛暴雨，运送冷饮的卡车，还有海岸的山以及山上各自独立的灯火。

椿树上的人

1

八月一过,江水染上丝绸的光泽,深林的燕子落到岸边饮水,横掠过江,飞到对面的山上。黄昏来后,雾里的鸟鸣把人带到很远的地方。趸船在江的西面,我站在二楼,能模糊看见江对面的那段栈桥,小的时候,我经常和瓶子在上面钓鱼,鲤鱼少,钓上来的多数是一指长的鲫鱼片儿。那时候栈桥的木板是灰黄色的,太阳照在上面,鲜亮耀眼。现在,它的油漆已经全部褪去,变成黑褐色。有的木板腐烂脱落一块,低头能看见从小孔里流过去的绿色江水。离栈桥不远处的石头小屋曾经是我们的家。

它已看不出屋的样子,石头散落四处,那个地方属于蟋蟀和石竹花了。只有那艘小船,让我觉得我们曾经在这些石头堆砌起来的家里,真的度过了一段漫长又温暖的日子。母亲做的各种鱼都好吃，屋外的菜园里，绿叶和蚯蚓一起生长。父亲从江上回到家，带来我的自行车和瓶子的玩具手枪。终于有一天，他兴奋地推开门，从床上把我们晃起来。瓶子率先穿上鞋子跑到江边，我和母亲赶到时，瓶子指着月光下的那艘小船说，哥，它真是一艘好船。

这么多年，江水没日没夜地流淌，风一直都在，山也不变，但就是有些东西莫名其妙被冲走了。

早餐快结束时，我同意借艘船带瓶子的女朋友去江上。瓶子和那个女孩儿停止吞咽，向我投来感激的目光。他们俩互相对视，嘴巴一张一合，很高兴的样子。

几个小时以前，我摸着裤袋里的钥匙站在外面敲门。楼下栀子花开后，墙壁香软。我等了一会儿，房间里没有声音。当我就要把钥匙插进锈迹斑斑的锁孔时，瓶子从里面打开门说，哥，这么早，我们刚要起床。他的喉结有一块橡皮那么大。不知从什么时候开始，他开始变白，再也不是一条黑鳗鱼的样子。还有，他太高了，父亲母亲和我，我们都是矮矮的。他的身高像是一种疏远，我得抬起头才能看见他的脸。他眼皮水肿，嗓子沙哑，身上一股牛群的味道。

昨天我夜班，瓶子发来消息，他已经住到我的职工公寓里。我弟弟经常在敲不开宿舍大门的时候睡在我狭窄的床上，呕吐物、烟头、皱成一团的汗衫，我有些后悔给他配备了房间钥匙。过了半个小时，他又告诉我，这次他带来了他的女朋友。这些年，他一直都过得非常逍遥。

瓶子在江的下游读他的四流大学，他带来的这个姑娘还是个小孩儿，因为得肺结核休学一年。她说，你叫我小林就行。小林很瘦，顶着蓬松的红头发，她把高跟鞋放在门口的鞋架上，趿拉着我的大拖鞋，我只能穿着袜子在地板上走。

瓶子告诉我，小林是艺术生，"画画的，油画，会成为一个大画家的，她的色彩感觉极好。"瓶子挥舞着大手激动地说个没完，"她的画得好几个奖了，她需要到江上去找找灵感，最好是在傍晚，许多画家要出去走一走，哥你说是不是？这样能刺激他们画出好作品，自然是最大的灵感。"

他们在吃菠萝饼和煮鸡蛋，我下夜班从滨江路的小餐馆带回来的，还开了一盒麻辣牛肉酱。小林把抹了果酱的饼干喂到瓶子嘴里，瓶子把小林沾在嘴边的蛋清取下来，吃了。他对小林的亲昵超过对待家人，我挺久没有看见这样的瓶子了。女孩把稀少的红头发辫起来，他们在热烈地讨论经历过的奇异事件。瓶子说他在南方时见到过一种玫

椿树上的人

瑰，绿色的。女孩说，她养的猫曾经爬到树梢，站在猫头鹰的背上。他们俩还谈论了松鼠和长毛兔。

我在说话声中沉沉睡去，还做了一个美丽的梦：有一个人住在江边的椿树上，吸食月光，他胸前长有红色的鳞片，每当有孩子落水，他的鳞片就会疼痛发亮，直到他涉水将人救起，疼痛才会消解。起床的时候，小林正在收拾房间，还做了午饭，一副要在此地久居的样子。醒来后，我坐在马桶上，等瓶子过来送纸。这间屋子里许久没有女人出现，周围弥漫着鲜腥的经血气味。

"现在好了吗？"我问小林。

"没问题，不传染了。"小林一边把绣球花的黄叶扔到垃圾桶里，一边对我说。听到"传染"这个词，我还是对瓶子把她带来感到不舒服。但我什么时候不认可瓶子的做法了？瓶子做什么我都愿意同意他。

"那条船……我们什么时候去？"小林问我。

2

就是因为她，今天我总是想起女朋友莉莉。我躺在沙发上，看小林试穿莉莉留下的裙子。她走来走去，踮着脚尖在阳台晾衣服。先是一件墨绿衬衫，接着晾她的胸罩和内裤，还有不知是瓶子的还是她的袜子。她干得来劲，又极其自然，跟在自己家一样。过了一会儿，她还找到了莉莉用过的剃球器，下楼买了电池，找来一件旧毛衣剃球。她看上去是健康的，完全不像在生病。我想起莉莉刚住在这里的时候，也是这么瘦。

早晚你会知道我不是那样的人。我对莉莉说。那会儿，我和莉莉快要完蛋了。她已经找好房子，准备挑个好日子搬过去了。

"传说很久以前，有个小孩儿给富人家放鹅，每天下午关进栅栏里时是三十只鹅，早上在草地上放，却是三十一只鹅。连续几天都这样，小孩儿想知道是怎么回事，便想出一个好办法。"什么好办法，瓶子问。我继续给他讲。

"这个办法就是，早上出门前在每只鹅的脖子上做记号。这样，他终于找到了第三十一只鹅，那只鹅是所有鹅中最漂亮的。鹅说话了，放我一马，我其实是天上的小神仙，犯错了，等躲过这一阵子，赶上大赦天下，便免得被罚了。小孩儿善良，同意了鹅的请求。不料，富人家的儿子看中了这只鹅，想要骑它去玩，小孩儿知道它是神仙，岂可被凡人骑在背上，拼命阻拦，被他们打到半死。"

莉莉给我讲这个故事时，正在杀一条鱼，那会儿莉莉刚和我好。你猜怎么着，莉莉问我。鹅为了报恩，把富人家的儿子从背上摔入江中，它的嘴一碰到江面，身体就化为了铜鹅山。莉莉说。

我指着江对面的铜鹅山。小林从地毯上坐起来，站在窗子前面观察，说铜鹅山真的像一只鹅啄进江里啊，画铜鹅山吧，到江上去。

那还是去年的事了，才这么几天，莉莉已过上新生活，她的新家翻过铜鹅山就到了。最后的那几天，我去养老院看父亲，桌子上放了一束白玫瑰。护工说有个年轻姑娘放下花就走了。那肯定是莉莉买的了。莉莉喜欢鲜花，她曾要求，我们结婚布置会场要用真花，不要用假花。我说好，你放心吧。想想除了莉莉没人会来看父亲了。但之前她到这里来，从没有买过花，买花的仪式应该算最后的告别了。父亲坐在院子的池塘边晒太阳，他的表情和在房间看电视时一样，眼神时刻透着焦虑与惊恐。冷风从西北角的围墙外面吹进来，水池早就结冰了，干枯的爬山虎叶子在冰层之上飘荡滑行。园艺师傅把靠近岸边的冰铲碎，父亲说他问过，如果不这样做，水底的锦鲤会窒息死去。但是，气温太低，他们不得不把重新结起的冰反复铲开。冰破开的狭小水面上，漂着父亲撒进去的馒头屑。他坐在轮椅上，往水池张望，身后是梅花树和麻雀群。冬天，鱼仿佛反应迟钝，我们一起坐了一刻钟，也没见一条鱼过来吃东西。

父亲一直盯着水面，头向前伸直。我说，爸我来看你了。他才回过神来问我，这么远你怎么来的啊？我说，我坐车来的。我把他扶正，又把轮椅往边上推远了几步。他问，你一个人来的吗？我说，对啊爸，瓶子周天来，你忘了？今天只有我来看你。他说，莉莉怎么没跟你一块儿来？我说，莉莉走了啊。他有点着急了，去了哪里？你们不是快结婚了吗？我说她不是我女朋友了，我们吹了啊爸。他想从轮椅上站起来，胳膊尝试两下便放弃了。没关系的儿子，去跟莉莉结婚吧，去过好日子。我一时不知道怎么回答他，便指着水里说，来了爸，鱼来了，快再撒点。他探出头去找鱼，果真有一条通身雪白的鱼出来吃食了。喂了半天，他抬起头看着我，像从很远的地方回来，他问，你怎么来的？

父亲前半辈子都在江里沽，手上过的都是大鱼野鱼，这些人工养殖的串生锦鲤，还没有他的鼻子大。父亲的皮肤松弛下坠，像穿了一件不合身的衣服。他病得走不动，一天到晚在这里喂这些小畜生，这让我感到难过。

"花是我买的。"小林听完我的讲述,将电视机音量关小,把腿盘到沙发上说,"我住的医院离那儿不远,住得久了,突然想去看看另一个病人。买了束花,那会儿还没好彻底,低烧,戴了口罩,放下就走了。"

"她是个什么样的人,感觉大哥你有些挑剔,应该很漂亮吧。"小林问我。

搬走那天的上午,莉莉把我们所有的被子放在阳台上翻晒。花花绿绿的被子围绕着她,时刻想把她覆盖。莉莉在被子中间的圆桌上,用剃球器企图把我毛衣上所有的毛球剃掉。我又动了留住她的心,我说我们最后吃一顿饭吧,莉莉说没那个必要了,冰箱里除了速冻水饺,什么都没有。我说我们可以出去吃,吃酸菜鱼,吃火锅,都行。她说我要走了。莉莉是个干净利索的人,她做决定时干脆得能听见响儿。末了,莉莉还跟我说,我们完了,你知道吧我们完了。

莉莉歇斯底里地喊叫,你为什么是这样的人,你刚开始不是这样的。其实,所有事情都是从那天开始。一个周末,连续下了十五天的小雨,我和莉莉去了漂亮的花卉市场,中午买了新鲜的莲藕,吃了章鱼小丸子,放了许多番茄酱。回到家,我们洗了热水澡。莉莉秋天的皮肤刺激了我的性欲，在不断的练习中，那晚我们完成了最好的一次。那天我真的太开心了，可是在最开心的时候我突然有点想哭。

从那时开始重复溺水的梦，一周的晚上只能睡着两三天。睡不着时，莉莉和我一起醒着。第四个月，莉莉把公司账上的小数点放错了位置。后来，我们总是在无关紧要的事情上持相反意见，我觉得一切都不可把握，虚无缥缈，哪里有什么爱情可言。我去医院看过，医生说我完全正常。同事建议我到江边烧纸，也没灵验。我感觉自己正在与人为敌。

莉莉走的时候，那个米老鼠的行李箱咬着她的脚后跟，极不情愿地被她拖着。她走过客厅，走过卫生间和厨房。她已经到了玄关，打开了门，我说你等一下。莉莉回身用眼神质问我，你还有什么屁事儿。

我随便穿上一件衣服，快速下楼。出了楼门口，热空气迅速钻进鼻孔。我心里着急，感觉这是能为莉莉做的最后一件事了。所以，我忍不住跑起来。六号楼墙上的爬山虎被风吹得像湖面一样，两只鸽子从楼顶飞到半空，落进花圃的青草里，上面有刚坠落的紫藤萝花。出门时，我发现莉莉的经血染了她的白裤子，家里找不到任何一片卫生巾可供她救急。此时她正坐在我们同居了半年的公寓里等我,我必须赶快跑到小区外面的便利店,把质量最好的卫生巾买给她。店里空调开得大,卫生巾专区的货架旁边摆着一个广告牌,上面贴了一片锅盖大小的卫生巾,小翅膀被空调风吹得不停扇动。想到莉莉一会儿就骑着这个东西飞走了,我突然伤心。看了一会儿,我选定一包。付钱时,老板说,这种不好卖了,现在她们都喜欢用棉面的,你这个是网面的,要不要换?

我把东西放在桌上,莉莉正在做饭,围裙把她纤细的腰突显出来,她拿着那个削了一半皮的土豆对我说,你没事吧。我才知道我流鼻血了,跑得厉害,冷热刺激到了。我说,没事儿,棉面的,你用吧。莉莉继续削土豆皮,她对着垃圾桶说,这下好了,我们最后干的事儿,是一起流血。

3

以前瓶子还小,我们经常去江里踩河蚌。我说你在那里站着,他就乖乖站在岸边,举起双手准备接住我扔上岸的河蚌。有次,母亲也跟我们一起去,她伸头观察傍晚红灰色的河底，在她的脚下是我家那只灰白的桶，它在等待水淋淋的河蚌塞满它。瓶子在岸边挥舞双手，表演接河蚌，他举手的样子像极力赞成我似的。我沿着黏浊的淤泥，向江中浅滩走去。树林一直延伸到山的另一边，叶子的喧嚣在晚风里升腾。草里有几尾白条鱼，笨拙的河蚌在泥里走，我的脚踩到了它们。水似乎停下来，我看不见流动。我朝岸边大喊一声，扔起来的河蚌撒出灰色的泥水，旋转着飞向瓶子，蚌壳锋利的腹面割伤了他的手腕。

那时母亲年轻，但最近每次梦见她，她都会变老一点，皱纹是一条一条添上的。这几天，她像父亲一样老，身上也有了老人的味道。不是梦里的水没有浮力，是我自己沉重地漂不起来。每次都是快要死掉的时候，江水变得澄明，一层叠一层，水跳蚤、山上的枇杷树、桅杆上的蝴蝶都能看得清清楚楚。我知道我又要见到母亲了。从似有似无的波纹里，她漂过来，头发越来越长，睁着眼睛，望向远处的水流。她已经漂过了太多的河，花白的头发里，佩戴着北方的鲜花、南方的水草和高原的贝壳。

我们家的那条小船只有每月十五号才会漂到江上，父亲在景区工作半月后回到家，一休息就要待四天。夏天最热的时候，父亲终于回来了。他脾气还是很暴躁，在家门口打我和瓶子。我擅长辩论，那让我俩挨了更多的打。母亲在菜园里浇水，故意把桶落在井里，喊父亲去帮忙。等我们哭完，西红柿都熟透了。

那个暑假，父亲带母亲、瓶子和我坐进船里。它是一艘轻巧的四座电动船，虽从景区里淘汰下来，换了电瓶却照样使劲。在父亲的操作下，它逆着风，切开江面，向上游的伤心岛驶去。阳光流动在江面，像融化的奶油，山顶着云彩向后飞，浪花紧张地跟在船尾，小渔网里的那个西瓜在水里上下跳动。瓶子指着舱大叫，因为他发现了一只晕船的蚂蚱。岛是个不太规则的心形，一股湍急的江水从岛中间流过，将它掰成两瓣。父亲站在船头把握方向，为我们解说，伤心岛是江面最宽阔的地方，现在我们要做的是，绕岛一周。

最后，船被父亲停在岛之间的河道里，两边的树隔空交触。零碎的阳光漏在河面上，水蛇一样的树根在船底纠缠。网兜里的西瓜在快速流动的水里继续冰镇，母亲拿出了她做好的槐花饼分给我们吃。瓶子拿着玩具对岛上的树林开枪，他每走一步，船身就夸张地晃动一下。父亲把上衣脱了，我和瓶子也把上衣脱了。瓶子胖得发亮，后背上有一个桃仁儿大小的疤痕。我能听见他每动一下就气喘吁呀。母亲把衣服叠起来放在船头，知了停在两边的树枝上叫。父亲被我们催得紧，拿出了那把尖刀，西瓜被捞上来，水淋淋的，仿佛涨得更大了。刀刃刚碰到皮，它便裂开了，红色的汁水顺着父亲的手指往下滴。西瓜脆甜无籽，我们玩得别提多开心了，父亲的那个笑话让我们的肚皮都笑开了，母亲捂着胸口笑，瓶子滚在了父亲的怀里。随后，瓶子还用枪指着我，向我走过来，我在他"开枪"后装死，倒在船尾，瓶子高兴地在船里跳了几下。也许命运早就安排好了，会有那样一块西瓜皮，让他失去重心，摔进河里，让船体倾斜，倒扣下去。

在瓶子时断时续的大哭声中，我踩住了河边的树根，看见了河水的流速，那只蚂蚱趴在瓶子的外套上，一秒钟冲出去五棵树的距离。瓶子和母亲在水中呼喊，父亲选择先抓住瓶子的脚踝，把他提出水面。父亲沉下水底，又浮出水面，抹掉脸上的水，再沉入水底，直到河水汇入大江，水面只有静流的沉寂……

在之后的很长一段时间里，我每天放学后都徒步到伤心岛，江水依旧冲刷岛间的河道，树叶开始变黄飘落，仿佛永远不会再次生长。铜鹅山下每天都会有一个放羊的老头儿，他的羊群庞大而散乱。瓶子沿着我们家后面的那条小路来叫我回去吃饭，我能清楚地看见他一路走过来，拔出了十几根狗尾草的穗子，抽打路边的芦苇。有时候，他还会用手背擦鼻涕，那场不久前的落水留给他的好像就是一场感冒而已。

我们的房子后面是一大块草地，在临近公路的地方有四座房子，灰色的房子里，住着放羊的老人。他的房子前面，有个高栅栏围起来的羊圈，几十只羊趴在蓝色的棚里反刍。其余几座房子里的人，我也都见过，母亲让我去借过小钢锯，送过苹果、小白菜之类的东西。最远的那座房子再往北，是铜鹅山的一块岩石，那里有七棵香椿树。小土坡上，车前草和山菊花繁密，刺猬在里面咳嗽。母亲就是在那边捡到瓶子的，他被包在一个对折的棉布窗帘里，像只蝙蝠，睁着易碎的眼睛。父亲说，瓶子在那里等我们，我们正好遇见了他，这是一件顶好的事。而那时，我们的父亲为了救下瓶子，舍弃了母亲的生命。

趸船上我的房间里，有个小窗户，在有月亮的晚上，我经常想起那个伤心的暑假。某一天，我想得都快睡着了，有人敲门。开门后，趸船的厨师站在湿润的空气中。他身上永远散发着酒的臭味，仔细闻闻，好像也不只是酒味儿，还有卤猪肉的油腥。厨师不在厨房的时候，就坐在江边，喝得醉醺醺的，调笑路边走过的人。栈桥那里有小龙虾和鲢鱼，他放了地笼，收获颇丰。厨师挺胖，晚上看起来，他身后仿佛背了一个人。爬到二楼让他的喉咙嗞嗞叫。他说，你肯定也会愿意的，签了这个吧。我接过他手里的几张纸，问他是什么。厨师转身靠在了墙上说，我们想再向上面申请修理一下那边的栈桥，你也签了吧，以后我们大家都可以去那儿钓鱼。

签名纸上有两个透明的油斑，被灯一照，稀稀拉拉的字浮在上面。这个东西之前我们签过许多次了，没有人在乎那几截破木头了。

春天，厨师每隔一周会爬到那块岩石边，采摘香椿芽，回来裹面糊炸了，做我们的午餐。在趸船上，我能模糊望见那七棵香椿树，不知道怎么它们就成了厨师的财产。奇怪的是，厨师只采摘其中六棵树，第三棵他从来没有碰过。远远看去，那棵树的头发格外浓密。

4

现在，瓶子躺在脱皮的沙发上，拿着一本长篇小说，从中间翻开，煞有介事地读，旁边的瓷碗里盛着他的黄桃块儿。我喝了口水,杯子里的一根红头发激起我的不悦。为了一幅画,要坐船去江上,略显矫情了,在岸上就不能画似的。再说,这和把血痂揭开来看有什么区别。我猜想,她坐船玩的意图要远远大于画画。

下午,我们玩了一种叫"德国心脏病"的游戏,纸牌也是他们带来的。崭新的牌上印着不同个数的猕猴桃、草莓、香蕉和什么别的四种水果,当看到五个相同水果的时候,必须按铃。那个铃铛一响,就像微波炉里什么东西好了。每次都是我先用完所有的牌出局。瓶子和小林尖叫,还不时抱怨我反应太慢,我觉得再继续玩下去我非得死于心脏病不可。

傍晚我们出发,那时光线最好。瓶子在房间里焦急地穿好衣服,准备赶回学校,抓住最后一次机会,把挂掉两次的那门课考过,考完到趸船接小林。他拍了拍我的肩膀说,哥,你会照顾好她的吧。抽烟让他变得兴奋。他对小林说,你要好好把这个下午画进去。她说,肯定会的。

她跟在我身后不远处,从公路到江边的趸船要走一段路。水边的风一阵比一阵清凉。天边的落日像枚廉价的瓶盖,我停了五秒钟直视了它。江水进入秋季后变得透明,它一刻不停地流淌。到底有多少水要流,江水让我自卑。

灌木从公路一直生长到江边，黄鼬在里边安家。一些黄色的小花已经开败，风从灌木丛里穿来穿去，除此之外没有别的声音。我回头看了小林一眼，她正迎着风吹来的方向，整理她的头发。火红的头发简直要烧伤我的眼珠。我沿着台阶继续走，看到我们的胖厨师正在江边掐薄荷，原来这几天我们吃的薄荷也是免费的。我听见他唱歌，看他脚步蹒跚，应该是喝得差不多了。

天还有一会儿才黑下去，我在准备夜班时乱七八糟的东西。

小林围着趸船转了一圈，对我养在笼子里的鹅产生兴趣。她蹲在笼子外面欣赏我的鹅。说"欣赏"是因为我的鹅确实漂亮，它体形庞大，脖颈修长，羽毛全是雪白的，眼睛如绿豆般清亮。瓶子曾说看着这只鹅的眼，他会尿频。我在一次夜间巡航时遇到它，那会儿它还是毛茸茸的黄球，腿被芦苇里的尼龙绳绊住，嗓子都叫哑了。我平常喂它米饭，它最爱吃米饭。后来，小林索性把笼子打开，放鹅出来。她站在它旁边，瘦瘦矮矮的，鹅一伸脖子便可以够到她的肩膀。它嘎嘎叫个不停，舒展翅膀，晃动着脖子走了两步。停顿一下，它看见了她，拍打翅膀，笨拙又沉重地扑过去，似乎要去抱她。

我站在窗户内侧吸烟,想着一会儿要带她去江上,心里不情愿。公寓的两个不速之客,让我一天生活混乱,其中一个,正在外面遭遇一只鹅的刁难。

小林转身往回跑,下了台阶,鹅趁机飞起来把她扑打在地,又用吃米饭的嘴啄她的头发。我吸一口烟,看着远处两只头顶火红的动物,心狂乱地跳动。我站在那里,也许,从得知一个陌生女人将要睡到我床上开始,我就在想着怎么扑倒她,啄她。

胖厨师结束了这场战斗,他用做饭的长勺打了我的鹅。他早就看不惯我用米饭喂它了。可怜的鹅,它的脖子被打断,耷拉在胸前。头拖在地上,雪白的翅膀在泥水里扫来扫去。

我们站在小船上,小林跟我要烟。她病还没完全好,却来跟我要烟,这种人不会对别人负责,我突然觉得她不应该跟瓶子有任何关系。她激动地对我说,她看到了鹅的牙齿,细密的一排。

"你的鹅真猛。"小林双手拢起来,熟练地点火,笑着夸奖了它。

"可惜它死了。"她又说。

"它的脑子还没有核桃大,你要原谅它,我把它当狗来养。"我说道。

她闭着嘴摇头,又笑了笑。她没穿丝袜,膝盖往外渗血。

小船向北行驶,似有蛇潜游在船后的浪花里。我尽量配合小林调整小船,找到她想要的风景视角。她站在小船后甲板上,靠着栏杆眺望远处。天空中有几缕晚霞,江边的房子掩映在高大的栗树之间。看了好一会儿,小林才支开画架,放上画板。做完这些,她又从黑色的包里掏出一个小画架,我问她是要画两幅吗。她说小画架是给我的,如果我想画的话。她让我坐在一张空白的画板前面,还替我将颜料挤在调色板上,教我用铅笔描线,还讲了一些互补色的问题。她很娴熟,拿着铅笔左一下右一下,但完全看不出她想画什么。

"你怎么不画?"小林转过头来问我。我说我并不知道该画什么。

"画你最想画的。"小林说。

我说好。我摸了一下船舷,浑身不自在。船是有温度的,总想烫伤我。我看了一眼天,开始在那张白色的画板上勾线。

"鹅应该没有牙齿,它们主要依靠一种叫'砂囊'的东西,好像是叫'砂囊',来磨碎食物。这样,食物才能进入肠道,消化吸收。网上说的。"小林一边用橡皮擦线,一边慢条斯理地跟我解释。

我拿着小林给我的铅笔,对她的话并不十分关心。曲线、直线、波浪线,中途我向小林请教画刷怎么使用。小林画了一只粗糙的鹅,头顶倦怠的落日。我说我看不懂。小林说,没有看懂看不懂的,你总能看到点什么。你看一幅画,内心所感就是真相。我把油彩一点一点堆上去,阳光慢慢消散。用了一个小时,我画好了,一个西瓜,在江流中浮动。小林给它点了几笔白色,告诉我说那叫高光。

她说我画得不错,说不定能成为一个好画家。我说我不想成为画家,我只想过几天舒坦日子。这句话好像有些冒犯到她。

"我看见你了,"小林调了一个不常见的绿色,涂到鹅的脚上说,"那鹅啄我的时候。你就在窗户后面站着,为什么没有出来打退你的鹅呢。它差点啄瞎我的眼⋯⋯你在怀疑我,但瓶子是个好人。"我突然感觉她极不可靠。

"瓶子就是个混混儿,他配不上什么画家。你还是不要跟他在一起。人都会变,他不一样,他不会变,他一直都那样。总之,我们不是一家人⋯⋯"我指着她和我,还想说点什么，被她打断。

"当然不是一家人，你是捡来的那个孩子啊。"小林平静地说。

"我希望那只鹅能给你点教训，无论它有没有牙。好让你离开瓶子，你会让他越来越烂。"她的红发让夜色发烫。

"你的病比我严重，大家多来提醒提醒你，你便不会这么理直气壮了。"她的口气让我恼怒。

5

小林的话似锋利的闪电。时至今日，我还记得那天的心情。稻谷无力惊醒。我一步跨到小林面前，想用拳头打她。

"离开！请你离开我弟弟！"我粗鲁地对她说道。

"我马上走，可我不会离开瓶子！"小林像看个怪物一样看我。

她脱掉鞋子，使劲将它们扔向岸边，但只有一只鞋落在滩上。她站在后甲板的边缘，温凉的江风把她宽松的墨绿色衬衣吹得圆满，说不定一开始，她就是穿着这件衬衣勾引了瓶子。她蹲下来，向江里伸出右脚，随后她的整个身体都探到江水里。她缓缓下沉,直到江水淹没她的脖子,看上去脚才触到江底。她的头如同一颗新鲜的火龙果,隐没在发黑的江水里。这个凶猛的动物冒着被淹死的危险,离开了我的船,她决绝地反抗了我。

我被彻底激怒,咽下口水,眼泪急匆匆下来。我想起多年以前,瓶子站在岸边时断时续地大哭。那只蚂蚱趴在瓶子的外套上一秒钟冲出去五棵树的距离,我看见了河水的流速。似在坠落的梦中,被扔进半空里一样,用尽所有力气却抓不住任何东西。我把船跳翻了。江水是苦涩的,我沉到水底。这次,我与惊恐的母亲对视,她睁大眼睛伸出双手,像在完成一个告别拥抱,无数气泡在簇拥她上升。那只粗壮的手抓住了我的脚踝,我被父亲提出水面。瓶子浑身滴水,他沿岸边奔走,父亲也叫母亲的名字。我瑟缩在一棵柳树树干旁,大声喊她,可我没听见自己的声音,却听见了她对我的呼应。

小林骄傲地昂着头,让嘴和鼻子露出水面,在水里划动,奋力朝滩涂走去。那时我想,瓶子应该考完了,他应该正在往返船来,接他的女朋友——一个跟我上船的女孩。对岸灯火已经熄灭,风从西南方吹过来。我打开船上的灯,水隐秘地向南流去。深水鱼群让我觉得危险,潮湿从我的小腿漫到额头，风声助长了还没成形的谎言。船虽然泊在靠近岸边的地方，但这其间有几个江水冲出的坑，深度足够淹没她。瓶子还说我会照顾好她呢，现在她却随时会消失在江水里。她正在经期，病还没有完全好，我开始慢慢平静下来，看她惊险地横渡。

江边的花都开了，仿佛话已全部说完。一层薄薄的阳光笼罩着父亲疲惫又厌烦的脸，在我生日那天，我推着父亲来到江边。他清醒的日子越来越少，走到我们曾经的家时，父亲指着那段栈桥说，这个地方我肯定来过。瓶子在对岸朝我招手，他送我一只食梦貘。模样是小林设计的，有点像鹅，我喜欢。瓶子说，原谅自己吧，我们都原谅自己了。小林的头发变成了纯黑色，谈到那次冒险，小林说，她其实并不怎么害怕。

"我知道你会救我。"她无比笃定地说。

那天，小林蒸了一大锅米饭，拌了挺多糖。她从沙发底下抽出一只鞋盒让我和瓶子看。第一次来公寓的时候，她买完电池回到楼上，才发现这些电池，莉莉买的那些电池够我们用半辈子的了。其实，我每天坐公交车上下班都会见到莉莉，在前七爷换乘，莉莉一直站在那里，看着走走停停的车辆。她拿着一只换鞋用的矮凳子，在吹一个粉红色的泡泡糖，周围摆了三个野菠萝。站牌广告窄小，没有灯柜，这是她的新工作吗？为一个从没听过的家具公司代言换鞋凳。有一天晚上，雨后又刮风，路灯下的广告牌上，莉莉的脸被汽车飞溅的泥水弄脏，泡泡糖显得沮丧，我用围巾给她擦干净才上车。

在之后的一天，我又梦见一次溺水，梦里我突然受到启发，我想看看我会不会被淹死，是否也会有人来救我。在那个梦中，江水挤入我的气管，我闭上眼，准备等待死亡的来临。最后一刻，水草钻进耳朵，厨师的渔网将我缠绕，大片的鲫鱼穿过我越来越透明的身体。我感到爆裂的疼痛，痛感让我逐渐清醒，我强迫自己不能醒来。对，继续睡下去，继续向无边的黑暗坠落下去。在我逐渐化进江水时，被一个人托举起来。他的手有着能举山的力量。我看见了，那个人胸前生有红色的鳞片，发着微光，我猛地想起来，他就是那个吸食月光的人。我充满了惊喜，急切地想拨开气泡、拨开树根看清他是谁，但浓密的头发遮住他的脸，水流也让他的面目模糊。我们不断上升，上升。不得不说，上升让人愉悦。接近江面时，我感到表层江水的温暖，最后一次托举，我从梦中醒来，在那一瞬间，我一下认出救我的人：他和我长得一模一样，他真的就是我。

我在半夜的江风里吸入一口长气，躺在床上不能入睡。于是，我坐在趸船的椅子上喝起啤酒。久违的星星全部活了过来，有几颗像马的眼睛那么大。我远远看见马路上有辆出租车停下，里面出来一个人，那个身影很熟悉，虽然她穿着我没见过的宽大风衣。莉莉回来了，她在暗夜里向我跑来，在那束车的灯光里，她来到江边，冲我喊，让我快去帮她付出租车的钱。我跑上去，打开车的后备厢，里面装了二十几只换鞋用的矮凳子。莉莉说，他们没有给她代言费，用凳子抵了。我和莉莉哈哈大笑，笑出了声音，把自己惊醒了。这次我彻底醒了，被子上一片毛绒绒的月光，看起来非常美味。

这时候，从窗子里看出去，山上黑色的椿树像在监视我，我感觉自己略带耻辱。那天厨师找我签字时，我问他，你为什么不摘第三棵树的叶子？

厨师说，那是一棵臭椿树。